Vista para o precipício

Vista para o precipício

Filipe Batista

Para Antonio

Vista para o precipício **11**
Quarta-feira de Cinzas **21**
Olho de boi **29**
Apartamento 302 **37**
Um conto lacaniano **45**
A amante **55**
Estranha ligação **63**
Adeus, São Paulo **71**
A mulher misteriosa **77**
Baile dos mascarados **85**
Assassinato na Vieira Souto **91**
My wishlist **97**
A mulher mais feia que existe **103**
O grande curador **111**
A CEO de sucesso **117**
Filho da mãe **121**

Tentemos entrar na morte de olhos abertos.

Marguerite Yourcenar,
Memórias de Adriano

Vista para o precipício

De olhos fechados, pensa sobre a próxima vítima. Ergue o corpo vagarosamente, calça as pantufas dispostas ao pé da cama, tateia a mesa de cabeceira à procura dos óculos. Rumará para o banheiro. Abrirá a torneira e observará a água transbordar suas mãos unidas em concha. Levará à boca, irá gargarejar e cuspir, mas só depois de cumprir a obrigação: na varanda do quarto, arremessará um corpo no precipício.

Da casa localizada no alto do morro coberto por névoa, lança abismo abaixo seus objetos inúteis. Gosta de observar atentamente cada um cair e se espatifar nas rochas, quebrando, rasgando, partindo-se ao meio. Corpos descartados em agonia, suplicando por suas vidas instantes antes do fim. Não sente arrependimento. Antes de se desfazer de qualquer coisa, a mais banal, reflete o suficiente; uma vez decidida, não voltará atrás. Orgulha-se da firmeza de suas escolhas, sem drama ou moralidade.

São apenas objetos inúteis. Para ela possuem a mesma importância que dá às pessoas, o valor de ocupar um espaço no universo num intervalo de tempo.

Não se sujeitou a julgamentos e distorções, preferiu isolar-se no cume do morro com seus objetos, usados à exaustão até o derradeiro descarte. O ritual satânico inicia-se dias antes do ato consumado. Senta-se diante da parafernália acumulada no quarto de visita transformado em depósito, onde mantém o que juntou e não usa mais. Analisa prós e contras, finalidade, qualidade, valor, beleza e durabilidade da manufatura; então inclui na lista que consulta diariamente antes de dormir. Para todo item descartado, acrescenta um novo ao montante guardado à espera do fim. Periodicamente limpa um a um, tem o prazer de vê-los bem cuidados, apesar da falta de serventia. Gosta de admirá-los no lugar de completa passividade, dispostos inutilmente na coleção particular, museu de cera onde dispõe de obras idênticas à forma humana.

O objeto escolhido possui longas pernas, tronco largo, estrutura densa e pesada, embora não seja gordo. Sardas distribuídas desigualmente atenuam o branco quase albino; maiores e mais escuras na pele exposta ao sol, formam um traje natural no corpo desnudo. Cabelos e pelos grossos cor de cobre desbotado cobrem a cabeça, a barba cheia, braços, axilas, pernas, pênis e escroto. Um corpo deformado por forças invisíveis, entregue à finitude — Lucien Freud o teria pintado. É possível ver as marcas da pulseira do relógio, retirado quando o guardou junto aos demais, que tratara de despir e higienizar. Mantidos sem roupa, sofrem as intempéries, apesar das visitas rotineiras de cuidado, quando usa compressas quentes ou frias para suavizar ressecamentos, feridas e assaduras. Move os corpos em posições distintas a fim de evitar escaras, às vezes incômodas e até capazes de levar à perda de pedaços e amputações.

No quarto, suspira vislumbrando a dificuldade para arrastar sua vítima até a varanda. Com esforço consegue empurrá-la para fora do cômodo. O suor gotejando no corredor deixa um rastro do curto caminho percorrido. O telefone toca, pondera não atender. Irritada com a insistência e cansada, larga o corpo de vez, a vítima desaba, bate forte a cabeça, forma-se um halo vermelho crescente ao redor. Uma mostra do que ele experimentará em breve, pensa sem remorso, segundos antes de atender ao telefone com as mãos ensanguentadas — Alô? Ana, aqui é o João. Oi, não posso falar agora, me liga daqui uma hora? Claro, era só pra dizer que adorei nosso encontro... Desliga antes que ele pudesse concluir, convicta de jamais vê-lo novamente. Odiou a noite. Pretensioso, incapaz de transpor sua mísera e limitada realidade pensada universal. Desliga o celular e avista a poça de sangue chegar na sala. Pega cinco toalhas brancas: uma para estancar a ferida, as outras distribui pelo caminho, empapadas e pesadas como absorventes após intenso fluxo menstrual. O que está fazendo?, pergunta o corpo subitamente reanimado, confuso após longa hibernação.

Ela não contava com o inesperado e inoportuno despertar. Faz dois anos desde que se falaram pela última vez, quando fechou a porta disposta a mudar de vida, casa, trabalho, amigos, tudo que não a vestia mais. Como fazem as serpentes, trocou de pele e deixou para trás uma história.

Buscava qualquer sobra de amor ou afeto, como um mendigo revira o lixo. Colérica e faminta, precisava aplacar sua febre, fartar-se de toda a carne, ser vista como se enxergava: barragem prestes a estourar e jorrar destruição, encharcar-se de prazer. Exigia tomar posse e habitá-lo, exploradora egoísta, disposta a derramar sangue e tiranizar outro corpo, satisfazer sua tensão sem oferecer nada em troca. Presos às brigas que retornavam sempre ao mesmo ponto de partida, seus corpos jamais se encontraram novamente sem armaduras e defesas mútuas. Decidiram romper.

Voltou a vê-lo perto de casa no café que frequentavam juntos. A três metros de distância, toma o seu, onze graus lá fora, janelas embaçadas, observa-o sem ser vista: feição tranquila e normalidade inatingível. Sente as entranhas corroerem de ódio, não está pacificada como ele aparenta, ainda arde quando o vê. Não encara como mero acaso, nasce dentro a necessidade de vingança.

Mudou-se para a casa do morro, escolhida a dedo, isolada e distante de olhos intrometidos. Possuía um cômodo espaçoso para comportar seus objetos. Decidiu que não os mataria. Empalhá-los era uma opção, embora a feição opaca não a atraísse. Agradava a ideia de permanecerem estáticos, mas maleáveis, disponíveis para sua intenção e com o viço conservado que a lembrasse estarem vivos. Outras exigências: que a casa se dispusesse no limite de rochas íngremes, uma varanda projetada para fora e engenhosamente construída com vista para o precipício; onde pudesse apreciar o mar de serra, e acessar sua depressão formada pelo agregado de pedras.

A coleção, de início acanhada, compreende treze objetos, o limite para mantê-los organizados no quarto de visitas, assim evita o desgaste das peças e permite o trânsito entre elas. Visitas são proibidas. Na falta, interpreta personagens e fantasia diálogos. Costuma tratar sobre amenidades. Quando tomada por raiva, insulta, é ácida: seu jeito de mascar chiclete me irrita; essa barriga pendular cobre seu pau; vá escovar os dentes; está com mau hálito; esse comentário, francamente. Conduz cada um até a casa do morro, veste-se de preto, o batom vermelho realça o contorno dos lábios carnudos. O que sucede à noite, antes de serem levados ao quarto, entregues e passivos, permanece mistério.

O que está fazendo?, pergunta o corpo subitamente reanimado, confuso após longa hibernação. Você não devia estar desperto, diz ríspida e lancinante, enquanto investiga ao redor o que pode usar — o abajur?, a escultura de bronze repousada no plinto de mármore? —, nada a seu alcance. Encontra um porrete, a paulada é precisa. O joelho cede, cai de novo, mole e moribundo.

Satisfeita, sente fome. Na cozinha, vê as prateleiras da geladeira cheias, embalagens atrativas, cores alegres e brilhantes. Uma bela fatia de filé, recém-comprado, na bandeja de isopor, os frascos de iogurte refletidos no plástico filme estirado. Apanha a lata de coca-cola, copo alto, bastante gelo, um estendido gozo após o gole, como no tempo em que se acreditava na felicidade das propagandas. No corredor, o cadáver abre os olhos. Com dor leva a mão à cabeça e examina o corte, o sangue estancado — ainda estou vivo, conclui. Arrasta o corpo, toneladas içadas por um inseto, deixa para trás o rastro de um barco a navegar lentamente águas calmas e rubras. Esbarra no plinto, o busto de bronze vacila, a cabeça rola. Ela ouve e bate forte a porta da geladeira — você não desiste, assombração. O homem reflete um instante as motivações da mulher; diferente de quando namoravam, a sensatez e equilíbrio cederam para a ira. O corpo dela em frenesi, acelerado em sua direção, investido de fúria, carrega na mão a faca que apanhou na cozinha.

Prestes a apunhalá-lo aleijado e inerte — você ouviu o que eu disse? Nunca ouviu, preso a ruminações, não a conheceu, não a amou. Ele entediado, ela invisível. Deram fim ao tormento morno e insosso, sem traição, sacanagem, nada a confessar. Civilizados, marcaram uma conversa sensata e respeitosa, como deve ser o fim de um relacionamento. Espumava; antes traída, escoaria sua raiva e ressentimento, poderia culpá-lo ou acusar outra mulher.

O desfalecido observa a porta do quarto de visitas entreaberta: três, seis, doze homens nus e estáticos. Parecem reais. Um deles bem afetado, de pernas cruzadas e mão desmunhecada, outro agachado com medo, mais distante um evidente bonachão de pernas frouxas e pau mole. Antes de receber o golpe definitivo, observa cada um: o aventureiro, o discreto, o plácido, o divertido, o inseguro, o violento, o bonito; exibidos numa bandeja para o desfrute da mulher que enfiará a faca em seu tronco, a responsável por sua queda. Assassina e vítima estamparão as manchetes e fofocas da cidade.

Não há tempo para explicação ou justificativa. A faca penetra a carne — céu, inferno e purgatório. Jamais voltarão a se reencontrar.

Para ela nunca houve encontro, sentia-se miseravelmente só. Estrangeiros ilhados e solitários à espera do resgate, que nunca veio. Ela procurava algo familiar, que acalmasse o vazio de estarem juntos. Sabia desde o princípio: o ódio que tinha dele não era outro senão o dela própria, por se torturar voluntariamente. Agora ele está morto. A chance de reconhecer nele o que procurava em si também está morta, e, principalmente, a ilusão de acreditar nisso. Precisará abandonar o cinismo. Não poderá fingir superação ao vê-lo estabelecido com filhos bonitos, mulher prestativa e contente; cogitar o que ela tem, o que o atraiu, seu jeito, sua beleza, suas ideias, qual o sabor do beijo, o que fazem na cama, como se tocam, recebem e dão prazer, por que brigam. Ele não poderá desperceber sua presença, beber café alheio à mulher que trama sua morte.

Arrasta-o caído até a varanda. Transpõe um lance de escada e o porrete, seu objeto é um carro surrado atravessando o quebra-mola. Antes de erguê-lo com dificuldade sobre a sacada, toda gana e músculos recrutados, observa-o com perícia, cada pequena parte do corpo familiar, hoje mais enrugado e flácido. Quando fechou a porta, pensou jamais encontrá-lo novamente. No café de sempre, antes que o homem tomasse o último gole, levantou-se disposta a puxar a cadeira sem pedir licença, dizer tudo esperando ouvir uma explicação ou o silêncio humilhante. Sozinha em sua presença era pior, preferia o abuso à indiferença. Entreolham-se mudos. De súbito empurra-o ribanceira abaixo. Ouve-se o assobio de pássaros cruzando o vale no mesmo instante. O som do impacto, o corpo abatido.

Saciada, limpa o sangue na lente dos óculos, caminha até o banheiro, abre a torneira e observa a água transbordar suas mãos unidas em concha. Leva até a boca, gargareja, cospe, observa descer pelo ralo da pia. À sua frente uma velha refletida no espelho, os sulcos das rugas são valas prontas para guardar as vítimas, jogadas, empilhadas como indigentes, sem face, nome e origem. Pensa no trabalho que terá para limpar a poça de cor vinho quase preta que habita o corredor e a sala de estar. Quantos homens passaram na sua vida, quantos precisará descartar? Retoma sua lista. Um novo nome adicionado, amanhã outro corpo cairá.

Dobra as mangas da camisa preservada do sangue, mas inteira amassada, enche o balde, derrama no piso água e sabão. Reúne com um rodo a espuma branca misturada ao sangue, agora um fio rosa encaminhado para o ralo do banheiro. Livre da obrigação, caminha para o quarto de visitas, confere cada peça, ajeita o braço de um caído no ombro do outro, retira o brilho da testa daquele sempre oleoso. Através da janela, de onde é possível ver a varanda, observa a cena do crime. As pedras, os morros, a vista para o precipício. Tudo está calmo e estático, em completa coesão e silêncio. Agora poderá preparar um bom café e começar o dia.

Quarta-feira de Cinzas

Uma história encoberta, quatrocentos anos e lá vai. A mulher senta no passeio de pedras portuguesas. Pensa que abaixo do asfalto novo, onde estica as pernas, há outra camada mais antiga, que depois de muita chuva, carros, motos e reparos, precisou da nova; e que antes do asfalto houve o ladrilho, que após a enxurrada, carroças, bondinhos e o tal progresso precisou de asfalto de cidade grande e moderna; e que muito antes das ruas de pedra, houve terra, mata, bichos e índios, que depois de toda desgraça cederam obrigados espaço para as ruas, como a que está agora. Adora brincar disso quando está entediada. Um pensamento leva a outro, depois outro, vai e vem sem fim. O que virá depois do asfalto, coisa pior, prevê, o mundo não muda. Soube que as pedras portuguesas serão trocadas por cimento. Vivem quebrando, exigem manutenção constante, mas há de convir, as danadas das pedrinhas são bem mais bonitas que placas de concreto.

Ideia descabida, não precisou estudar para discernir o bonito do feio, o bom do ruim.

Seu barraco fica do lado de lá, instalado junto às vizinhas que conheceu enquanto montava, e lhe presentearam caixas de papelão e cabos de vassoura excedentes. A lona, o colchão furado e comido, cobertor, panela, lata para o forno improvisado e duas mudas de roupa formam seu modesto patrimônio acumulado em vida. Tem medo de chuva e tempestade; não conheceu frio, neve, terremoto ou vendaval. Por sorte ou azar, nasceu em Salvador, onde faz calor o ano todo, mas chove à beça. Dia de chuva é um desastre. Chuvinha de verão, essa não bota medo em ninguém, problema é quando cai toró e o céu desaba. Já perdeu tudo várias vezes, precisou desapegar, mas não é bocó, se oferecerem casa, roupa e vida de madame, aceitará de bom grado.

Dá um pulo e toca para a padaria a dois quarteirões, onde tem passe livre e café garantido. Dia sim, dia não, para não parecer abusada, alterna com o botequim vizinho, onde apanha uma dose de pinga. Sábado e domingo, gosta de perambular na feira de São Joaquim. Faz amizade, ganha uns trocados e ainda se diverte. Serve de guia quando baixa turista ou baiano postiço (modo de chamar os conterrâneos engomados e arrumadinhos). Conhece cada canto daquele labirinto: sabe onde encontrar pimenta e farinha da boa, caju, seriguela e umbu maduro, louro, coentro, camarão seco, colher de pau, cesto de palha, até guia de Orixá. Pra fazer trabalho, mandinga, macumba, não tem melhor, acha tudo e poupa tempo. Nunca negou trabalho, nem pode, se esmorecer fica no caminho, então mantém o ritmo. Quando fica muito tempo de banzo, largada no barraco, pra levantar é uma droga.

Na padaria é recebida com a pergunta retórica: "Bom dia, minha flor, o de sempre?". Pão cacetinho envolto no papel pardo, café quente no copo de vidro sem alça. Na etiqueta improvisada com papel e fita adesiva descolada nas pontas, presa à garrafa térmica bege, lê-se: café com açúcar. "Minha linda, leve isso também", diz a moça de ginga e andar confiante enquanto apanha da prateleira um saco de absorventes e entrega nas mãos dela, livres após comer e beber.

Às vezes Carla improvisa — Carla é seu nome, esqueci de apresentá-la — com pano ou miolo de pão; ultimamente, a regra aparece menos, não vê a hora de se livrar duma vez. Sangue a faz recordar a mãe, morta a tiros no beco onde viviam. Carla tinha cinco e assistiu à cena, não entendeu direito, nem entenderia adulta. Nascida no subúrbio da Cidade Baixa, onde passou a infância, ficou com a avó, falecida de desgosto meses após perder a única filha. Não teve pai — "Alcoólatra vagabundo, não vale a pena", dizia a mãe irritada; disso lembra bem. Morou em três casas de adoção, fugiu insistente até desistirem de procurá-la. Criou-se na rua, livre e só.

Banha-se todos os dias na praia da Ribeira, Boa Viagem, Porto da Barra ou Rio Vermelho. Se pongar na traseira do ônibus, quem sabe encontrar seu amigo cobrador, vai mais longe: Amaralina, Piatã, Itapuã; do contrário, não compensa. A roupa que usa, shorts curtos e top amarelo justos ao corpo longilíneo, definido e magro, é a mesma que mergulha no mar e seca ao vento, junto à pele preta coberta de sal. Entra em transe quando ouve a batida do tambor: braços, pernas e quadris entrosados, sem pensar e hesitar, certos do que fazer. Poucas coisas lhe trazem essa certeza, mexe-se até quando está parada, bate os pés, as mãos, quebra pro lado.

Quando chega o Carnaval, gosta de se ver dançar refletida nos carros. Vira dona da rua, flanelinha conhecida, administra o estacionamento improvisado na rampa próxima ao circuito dos trios, tira alguns trocados e parte para a folia. Anseia aquilo o ano todo. Com o isopor a tiracolo, vende água, cerveja bem gelada e aproveita a festa enquanto trabalha. Já foi cordeira de trio, requebrava segurando a corda que mantinha os endinheirados circunscritos. Quem vê não imagina a força necessária. Mas não compensa, bom mesmo é dançar solta, ir aonde quer.

Depois de se acabar, ressaca forte na Quarta de Cinzas, é recepcionada pelo mau cheiro, o primeiro a chegar antes que consiga abrir os olhos apertados. Deitada na maca gelada e sem colchão, não reconhece a sala espaçosa, paredes forradas de azulejo azul bebê, luz branca, uma delas apaga e acende, o mau contato da lâmpada. O silêncio é interrompido pelo barulho cansado do motor de dois refrigeradores brancos enferrujados, como aqueles de açougue. Há outras macas mais distantes, duas mulheres e um rapaz deitados, fede carniça. O homem de jaleco branco empurra as duas portas flexíveis e irrompe o recinto com jeito de frigorífico: "Bom dia, meus queridos, curtiram o Carnaval, a farra foi boa?". Puxa a banqueta alta com rodas — "Vejamos o que temos hoje, quatro peças" —, enquanto senta debochado de pernas abertas, todo branco, inclusive os sapatos. Carla observa-o correr a banqueta em sua direção. Examina-a vagarosamente como se tivesse todo tempo, apanha a carteira de Marlboro e o isqueiro; depois de acender, leva o cigarro à lateral da boca e traga fundo: "Aprontou no Carnaval, meu bem?". Carla não sabe ler, se soubesse notaria enquanto ele pega o maço de cigarro no bolso do jaleco: Dr. Hamilton Aguiar, médico legista, Instituto Médico Legal. Humilhação em vida estava acostumada, depois de morta é brincadeira. Não demorou a juntar as peças e entender o concluído: estava morta, mortinha da silva.

Inerte, presta atenção à naturalidade com que o médico trata os defuntos, mas a atitude presunçosa não esconde o desprezo. Amassa o toco de cigarro no braço direito de Carla sem esboçar um pingo de dó, faz com os pacientes como fazia criança com os sapos no sítio do avô; prendia-os num caixote e queimava-os agonizantes com a brasa do fogão a lenha.

O odor de pele queimada adentra as narinas, ela não sente cheiro, nem dor. Ignorada e invisível, igual acostumou-se viver, permanece imóvel à espera da oportunidade para fugir, sua especialidade.

O doutor apalpa o bolso do jaleco à procura da caneta, pensa que deixou no conforto médico. Se fosse mais atento, notaria logo abaixo, no bolso da camisa. Assim que ele deixa a sala, Carla levanta com urgência, sacode forte a moça deitada na primeira maca — "Acorde, não temos tempo", repetindo o chamado desesperado aos seguintes. Ninguém reage, mais mortos que um morto.

O enjoo e tontura repentinos rememoram a noite anterior, está de ressaca, procura onde vomitar. Não levantará suspeita, abre o refrigerador, dentro há mais corpos amontoados, esses ainda mais mortos que os mortos já mortos, mais pra lá do que pra cá. O susto a impede, engole o vômito, esquece o enjoo, quatro passos para trás, esbarra na porta. Deixa o necrotério atordoada, não pode ser vista, recompõe-se. Escondida atrás da pilastra, escuta passos de dois doutores no corredor, eles disputam diplomas e as conquistas do Carnaval. O baixinho beijou cinco e terminou com a mais gata do bloco deitada nua em sua cama; Carla duvida.

Acautelada de não ser vista, encontra a saída, abre a porta do Instituto Médico Legal. A rua, o esgoto a céu aberto. À esquerda o Dique, à direita atravessa o túnel, corre o Vale do Canela. A cidade estranhamente calma, Quarta de Cinzas, pondera. O silêncio das ruas vazias contrasta com o furor do Carnaval de ontem. Muita sujeira, latas amassadas, cheiro de urina e cerveja junto ao bafo quente do sol a pino queimando o asfalto. Chega à ladeira da Contorno, escancarada para a Baía de Todos os Santos. Águas reluzentes formam uma planície prata, a estreita faixa de Itaparica ao fundo delimita céu e mar. Molhada de suor, pensa o que será da vida agora que está morta. Imagina o que pode ter acontecido: estuprada até não resistir, bateu com a cabeça bêbada ou terá sido bala perdida?

Carla teve uma vida miserável, mas não se queixa, o que tem de ser, será. Aprendeu a confiar no destino, não fora agraciada toda vez que reclamou ou intercedeu. Quando limpa o para-brisa dos carros parados no semáforo, com água recolhida no córrego e detergente, recebe algumas moedas, mas nunca olho no olho. Com o tempo foi deixando de olhar para as pessoas, adotou visão difusa, isenta de foco.

Discerne de pronto quem gosta dela e quem a trata como barata. Se alguém a chama, segura um pouco antes de atender, só para garantir que é com ela mesmo. Responde mirando o nada, contente de ser reconhecida. Fala pouco, vergonha de dizer bobagem, também não tem paciência para ladainha dos outros. Guarda seus pensamentos inúteis, nem chama de pensamento, ninguém se interessa. As trocas restringem-se a interjeições positivas como *oxe, hoje tem, deu bom, tô dentro*, ou negativas como *oxe, Deus me livre, deu ruim, tô fora*.

Agora busca cruzar o olhar com alguém, Salvador é uma cidade fantasma. Vazia é mais fácil notar os detalhes, os sobrados antigos, paredes repintadas pelo tempo e a chuva com nuances de marrom e preto, portas e janelas altas com sacadas para a baía. As ruínas, tomadas pelo mato que enforca as paredes de pedra que restaram em pé. A essa hora, as pessoas deveriam sair de suas casas, aos poucos a vida voltaria, o bochicho do carnaval estaria na boca do povo, trabalho de verdade só no dia seguinte. Mas tudo está estranhamente parado, não se vê gari limpando a rua ou moça esperando a mensagem do rapaz que conheceu em Ondina. O barraco onde vive está igual deixou, a lona, o colchão, o pó. O céu tingido de vermelho, laranja, lilás e rosa. Anoitece.

Morta caminha no passeio de pedras portuguesas e lembra da brincadeira do vai e vem. Renasce nova em folha, descobre tudo pela primeira vez. Toma o banho de mar no Porto da Barra e sente surpresa as águas calmas e mornas abraçarem seu corpo, as gotas salgadas caírem nas costas, escorridas dos fios de cabelo molhado e crespo. Enxuga-se ao vento e caminha sem destino as ruas de Salvador. Então, distraída e esquecida da morte, morre de novo. Antes da última batida do coração, arrependida da breve e inútil passagem, descobre que há outra chance. Renasce para sempre morrer.

Olho de boi

Na roça todos notam que não é dali. Anda empinado com o rei na barriga. Além das botas de couro do bom, denuncia mesmo que é forasteiro quando dá ordem nos outros sem ficar sem graça, incomum naquelas bandas: Arreie o cavalo. Nem um obrigado ouve-se. Na cidade grande é desenturmado por ser caipira, e no interior por ser grã-fino. Gosta de comer feijão, arroz e carne, e acha que é simples por isso. Simples coisa nenhuma, belo de um boçal filhinho de papai, comentam os funcionários. Papai é dono de muitas terras, cabeças de gado e uma família comandada a rédea curta, igual manda nas cidadezinhas próximas às fazendas. O coronel, como é chamado, tem fama de gente ruim, mas faz de conta que é bom. Já o arremedo do patriarca nem finge, fica todo pomposo, orgulhoso do título herdado, quando escuta: Lá vem o coronelzinho.

Passa mais tempo na fazenda que na cobertura presenteada quando terminou a duras penas o colegial. Na faculdade era conhecido pelas festas que dava na piscina, regadas a bourbon à vontade e gente mais interessada na bebida que nele. Jubilado do curso de Direito, mentiu que estudava quando curtia. Papai tinha o sonho do filho advogado, até delegado; uma decepção, o menino não deu pra nada. A mesada robusta garante vida boa e sem esforço. A caminhonete e a moto também foram mimos do pai, adora acelerar e fazer barulho quando chega na sede, levantando poeira, motor duzentos cavalos, acumula muitos também no estábulo.

Quando volta da cavalgada tira as botas sujas de lama e pendura o chapéu no mancebo antigo de jacarandá. No vestíbulo ficam outros chapéus, bengala de madeira torneada e latão, chicote de couro. Ouve da cozinha o grito de que o almoço está quase pronto, gosta de conferir as panelas e provar com a colher de pau o que será servido, não para opinar, só por capricho e fome. Feijão como o da Tereza não tem, diz. Senta-se à mesa sozinho, a mãe nem pensar fica na fazenda, já o pai nunca para em lugar nenhum. Nessa hora sente falta de um irmão, mas se beneficia da condição de filho único e pretende não abrir mão. Sabe que papai apronta e mamãe faz vistas grossas. Sua preocupação é a mocinha filha do vaqueiro aparecer prenha e exigir seus direitos, mas não cogita conversar nesses termos com o pai; são distantes, embora não aparentem, e comentar sobre esterilização masculina não passou de ensaio.

Assíduo nas festas dos vilarejos, vale-se da fama de rico para conquistar as moças, mas fortuna não faz milagre quando faltam charme e traquejo. Gosta de músicas que narram tragédias amorosas e a perda do amor-próprio seguida de superação. A infidelidade, tema recorrente nas canções que escuta, possui sentido complicado na sua opinião. Prefere outras expressões quando passível de ser enquadrado: derrapar, apaixonar-se outra vez, perder o controle. A insegurança lhe afastou de um encontro amoroso, pois até os miseráveis acabam achando seu par. Possui leitura precária sobre o que une ou repele duas pessoas, inclusive amigos.

Na falta de companhia, monta a cavalo e joga video-game a tarde toda colado ao sofá, melhor com o telão instalado no casarão rural com pinta de mansão urbana. Tem conforto maior que na cidade, funcionários a seu dispor e a paz da vida no campo, que acredita gostar, embora não conheça. O pasto atapetado com capim verdejante regado artificialmente, habitado pelo gado rechonchudo e branquinho, tocado por vaqueiros que dirigem motos em vez de cavalos, lembra que a modernidade chegou naquelas bandas. Diferente da capital onde ninguém o conhece, goza de bajulação e entrada facilitada. Quando está com papai sente-se o dono, e se encontra um desavisado no caminho faz questão de anunciar sua linhagem prestigiosa. Seu esporte favorito é a vaquejada, fica puto quando o pessoal da capital teima que nem esporte é. Inteira-se dos detalhes na preparação, manda conferir a encomenda do melhor seleiro, ordena banho e escovação.

Prestes a competir, alonga e aquece o corpo. Veste chapéu e camisa western de tecido sintético dourado brilhante, e botões de pressão perolados, que encontrou num brechó meio country, meio punk na viagem para Los Angeles. As calças jeans, mais justas nas coxas, alargam-se a partir dos joelhos. No centro, a fivela de ouro do cinto traz desenhado em relevo um vaqueiro triunfante e seu cavalo com as patas dianteiras erguidas. O caubói futurista nada se parece com os vaqueiros da região. Passa a mão nas madeixas lisas e pretas caídas no rosto, que brilham azuis como a crina do animal quando os refletores da arena miram sua direção. Seria até bonito se não fosse esquisito e andasse desajeitado e encurvado, tentando caber no corpo alto. Enfia nos estribos as botas de couro marrom bordadas no cano, com chapa de metal presa no bico e salto. As pernas pressionadas rente ao tronco equino, mãos firmes, marcadas com a trama torcida da rédea. Pronto para o enlace, derrubará o boi com toda a força e gana que não tem na vida. Montado no alazão ao lado, o parceiro de corrida, primogênito de outro manda-chuva das redondezas. No estreito corredor, o animal que entrará em campo e correrá até ser puxado pelo rabo entre as duas faixas de cal.

O vaqueiro high-tech e seu corcel aguardam afinados e fundidos num só. Os dois relincham juntos, a porteira abre. Passa o tempo, espetam, esperneiam, mas nada do boi teimoso sair. Os cavalos se afastam para trás contrariando o comando dos peões pilotos. Com patas cansadas o boi dá um, dois, três, quatro passos. O coronelzinho e o ruminante se olham, vaqueiro e cavalo refletidos nos olhos negros, duas gudes grandes. A gritaria da multidão vira silêncio. O colega não compreende a falta de ação, o alazão não obedece aos chutes. Ainda imóvel, o coronelzinho procura uma resposta para sua inércia, velha conhecida que nunca deu as caras na vaquejada, onde se sente exitoso de suas conquistas e troféus. O boi quase humano só não diz algumas palavras porque está cansado demais para isso. Não ficou parado quando abriram a porteira para se proteger, mas por estar entregue e desistente. O cavaleiro dourado recorda a missão: covardemente puxar o rabo e derrubar o bicho. Sua mão não se mexe, fica paralisado enquanto olha o touro. No meio do impasse, uma cadela esquálida passa cambaleante. No mesmo instante, sentada só no banco da praça vazia não tão longe, uma garota diferente num lugar onde todos parecem iguais pensa um dia mudar de cidade. A cadela cai morta entre as linhas de cal, sem precisar peão puxar seu rabo. A partida é interrompida. O coronelzinho puxa as rédeas e retoma o comando do animal.

Em casa não consegue tirar da cabeça os olhos do boi fitando-o sem cerimônia. Passa a noite em claro rememorando a cena. Soube que seria abatido após a partida. Imagina-o subir a rampa do caminhão lotado em fila junto a outros igualmente cansados, certos da morte anunciada. Na carreta suja de fezes e urina, o boi mantém olhar denso e distante todo o trajeto. Pela primeira vez o coronelzinho sente remorso pelo bicho, talvez nunca mais volte para a vaquejada, talvez embrulhado nunca mais coma carne. Só hipóteses; provável que passem e conclua em breve como foi frouxo. Mesmo assim não consegue imaginar um dia se livrar daquela visão.

Ninguém o havia olhado daquele jeito antes. Sentiu-se visto, observado em vez de observador. Boi insolente, revelou sua mediocridade com o simples olhar. Considera voltar para a cidade, distante do julgamento dos que testemunharam a humilhação, procurar um novo esporte, outro interesse, pode assumir os negócios do pai na capital, talvez o convença disso. Provável que encontre lá a mulher para casar, as moças do interior são passatempo, um homem adulto precisa de esposa nascida em berço de ouro, que tenha circulado nas rodas e não precise ser ensinada.

Na fazenda sente-se à vontade, mas tem claro as limitações do lugar e sua gente. Sua concessão tem limite, e quando se esgota, parte para a capital. Essa parece a hora certa para dá no pé, tomar um banho de civilização, encarar de vez que não nasceu para cheirar a esterco. Mamãe o advertiu, começa a acreditar que esteja certa. Boizinho danado, numa passada de olho conseguiu o que a mãe lutou a vida inteira. Seria mentira se dissesse que não se atrai pelo lugar e suas pessoas, a vida descomplicada e simples que levam, mas não é sensível nem foi pobre para notar o quanto trabalham e são explorados pelo coronel, seu papai. O sotaque, os trejeitos, a atitude desarmada dos que o servem são os motivos encontrados para diminuí-los e menosprezá-los. Tem certeza que o boizinho de merda, prestes a ter o rabo puxado, notou sua falsidade e desprezo por aquelas pessoas, que fingia gostar quando entrava alegre na cozinha para experimentar o feijão. Ele nunca enganou Tereza e nenhum outro funcionário; tinham que engolir sua empáfia.

Na verdade, o coronelzinho não sabe, todos o acham um tremendo babaca. Estampa isso nas roupas berrantes, no prazer em ostentar, no desapreço pelas pessoas, na maneira diferente de tratar cada uma a depender da condição financeira ou seu interesse por trás. Tudo deixa claro que carece de elegância e desprendimento. Os funcionários notam que é fraco e incapaz de conquistar uma mulher sem se valer do dinheiro e poder do pai, percebem sua falta de carisma e amigos. Cercado por abutres interesseiros que somem sem dar explicação assim que constatam sua inabilidade e desprestígio com o pai. Papai não confia nele para os negócios, toda vez que lhe entregou uma tarefa, decepcionou-se.

O coronelzinho começa a se dar conta que não é bem-vindo ali. Pode ver nos olhares atravessados do treinador de cavalos, na maneira brusca que Tereza o serve feijão. Voltará para a cobertura, passará uns dias isolado, precisa refletir seguro. Sairá com as roupas do corpo, pedirá que o motorista leve suas coisas depois.

No estábulo despede-se solene de seus cavalos. De frente para o corcel, o herói das vaquejadas tenta encontrar a expressão que melhor comunique a mudança de planos, um canalha ao revelar à mulher iludida que a trocará por outra. Vira as costas e deixa a fazenda sem arrependimento. Muda a paisagem na janela da caminhonete, primeiro pastos, casinhas e ambulantes à beira da estrada, as fábricas, os prédios, a revelação. Enquanto acelera, pensa no boi, a essa altura prestes a ser abatido. Antes de adentrar o matadouro, o boi para por um momento. Vira-se uma última vez e olha para o nada. O coronelzinho sabe que é para ele que o boi olha. Jamais esquecerá esse olhar. Viverá assombrado por aqueles olhos pretos e fundos.

Apartamento 302

Nunca viu entrar ou sair alguém. Barulho tampouco. No hall de entrada o menino observa a porta do apartamento. Enquanto aguarda a mãe abrir a do 301, pensa com seus botões quem haverá de ser o vizinho que nunca viu. Ou será vizinha? Uma família inteira? O ilustre criminoso figurado na lista de procurados ou o espião secreto a sua procura? Bastante provável na vizinhança previsível e pacata onde mora, perfeita para não despertar suspeita. Se a intenção fosse esconder de verdade, a tática mais inteligente seria deixar à mostra, bem na cara para todos verem. A estratégia costuma funcionar quando brinca com os amigos, eles nunca o encontram metido nos lugares mais óbvios. Mas não é o caso. As janelas e cortinas vivem fechadas. Nenhum sinal, zero pista.

Abre a porta e o menino entra no rastro. "Mamãe, quem mora no apartamento ao lado?" Ela responde que não sabe, mas promete perguntar ao marido; se também não souber, o porteiro certamente dirá, acrescido de outras informações não perguntadas. Sabe detalhes como a pizza preferida do rapaz do 701, o cheiro de calabresa e cebola perfumam o elevador; o anti-histamínico que Dona Eleonora usa quando ataca a rinite, e pede para o entregador da farmácia deixar na portaria; sabe até que Isabel, filha de Seu Antônio e Dona Júlia, terminou o namoro. Quem gostou foi a filha do porteiro, herdeira do pobre urso de pelúcia com coração vermelho descartado na lata de lixo.

O apartamento está fechado desde que a família do menino mudou-se para o prédio. Já completaram três anos e nem sinal de proprietário, corretor, visitante interessado na compra ou aluguel. Intrigado, e alimentado pela dúvida do filho, o pai resolve investigar. Descobre que não está posto à venda e acrescenta: "Ninguém sabe nada". Dá pena se estiver vazio, espaçoso em pleno centro da cidade. No carro a caminho da escola, o menino examina as pessoas que moram nas ruas, e por um momento pensa convocá-las para tomar posse do imóvel fechado a sete chaves. O motim liderado por ele esclarece o mistério e de quebra ajuda quem precisa.

Às vezes, imagina-o habitado por bruxas más, pode ver o caixão deixado aberto pelo vampiro que espreita a cidade nas noites de lua cheia. A babá diz que bruxas não existem, mas se arrepia toda quando passa em frente ao bendito. "Deve ser um rockstar isolado para compor a música que será hit" ou "um escritor triste à espera do lampejo", já pensaram outros dois moradores. Há mistérios insolúveis, perguntas a que não se deve buscar reposta. "A revelação aparece no caminho, não na finalidade", explicou certa vez a avó.

Viver em apartamento é diferente de morar em casa, a começar pela vista da janela. Debruçado no peitoril, o menino vigia os prédios com os binóculos antigos que ganhou do tio acumulador de quinquilharias. Larga o carro de brinquedo e o que estiver fazendo para examinar a vida das pessoas. A moça sai do banho com a toalha envolta à cabeça igual um turbante de marajá; o bebê não para de espernear, e os pais não conseguem acalmá-lo. Mira o binóculo em cada varanda e janela aberta. Às vezes se perde, nas lentes apenas parede e revestimentos, então recalcula a direção e encontra um novo alvo. O gato malhado branco e taupe — palavra bonita que aprendeu do inglês — toma banho de sol todas as manhãs às nove e quinze, quando o garoto veste-se para a aula de natação e passa o olho só para confirmar a pontualidade do felino. Ele espreguiça, alonga o corpo e caminha sem pretensão no parapeito. O gato equilibrista interrompe sua travessia e confronta o menino, que, sem graça por observá-lo assim tão bisbilhoteiro, enfia a outra perna no buraco da sunga e finge não se interessar.

Quando morava em casa era bom também, mas diferente. Conhecer o carteiro de perto e apanhar as correspondências direto da mão; perseguir as formigas em fila da cozinha até encontrar o formigueiro no quintal; correr a varanda sem o risco de despencar do terceiro andar estavam na lista de vantagens de viver em terra firme.

No térreo, enquanto brinca com outras crianças, a mãe liga e ordena que suba. Vê de longe a porta do elevador fechando e corre para alcançar. No elevador uma senhora suspeita cochicha no ouvido de um engravatado vestido de preto. Apertam o terceiro andar. A criança congela. Existem apartamentos como o do primo, quatro por andar, inclusive já viu mais. Ocorre que naquele edifício, no terceiro andar, eram apenas o seu e o temido vizinho, não tinha dúvida.

O elevador antigo sacode de leve para cima e para baixo, mesmo a subir. As paredes revestidas de fórmica imitam pau-ferro, como os móveis de escritório dos anos sessenta, tempo quando o arquiteto famoso desenhou o prédio. As portas abrem-se em duas bandas que se recolhem dentro, e possuem duas janelas com grades que permitem ver as paredes descascadas do poço alternadas com as portas que dão para o hall.

De repente, o elevador fadigado trava no meio entre a parede e o segundo andar; por sorte não foi queda de energia, as luzes continuam acesas. Os três presos. Deve ser azar para equilibrar o misto de alegria e medo que sentiu ao entrar no elevador com os dois cujo destino provável era o apartamento vizinho. Sua chance de elucidar a questão, não haveria de ser agraciado com a sorte duas vezes no mesmo dia. Ágil, a mulher aperta o botão de emergência, as unhas enormes e bem feitas.

O caminho do porteiro até o ascensor leva a eternidade; foram três minutos. A porta externa é aberta facilmente com a chave, a do elevador propriamente, com a força e bravura de Seu Carlos, funcionário das antigas e quebra-galho nas horas difíceis. "Eu não vou me enfiar nesse buraco nem morta", diz antes de ouvir que não há outra opção, "eu desliguei a fonte, dona, não há risco do elevador andar". Do contrário, a tragédia seria dupla, uma mulher cortada ao meio não é coisa para criança presenciar. "Primeiro o garoto", sugere o homem de voz grave. De bruço com as pernas para fora, ele rasteja-se até sentir as mãos do bom moço alcançarem seus pés. Em seguida a mulher, mais calma e convencida, por último o homem. Seguros, os dois tomam seu rumo. O menino mal terminara de limpar as mãos empoeiradas na camisa, observa-os desaparecer nas escadas. Pergunta ao porteiro quem são, mas ouvem o interfone tocar lá embaixo: alguém espera do lado de fora ser atendido. Enquanto um desce, o outro sobe.

No apartamento conta tudo ao pai, os dois suspeitos, sua coragem de ser o primeiro a sair, o sucesso do resgate realizado por Seu Carlos. O pai escuta entretido. Como previu o menino, o destino dos dois devia mesmo ser o apartamento 302. Ninguém bateu à porta do 301, confirmaram com a mãe e a babá. A informação que buscavam estaria nas mãos do infalível porteiro. Se foi ele quem permitiu a entrada do senhor e da senhora, os resgatou sem se opor, haveria de ter uma explicação quanto à procedência e destino do casal suspeito. No quarto enquanto coloca-o para dormir, promete tirar a história a limpo na manhã seguinte. "Papai, espera eu dormir?", a mão próxima à dele, não afastará até pegar no sono. Tem medo da noite e deixa a luz do abajur ligada fraquinha, mas não sabe o que é pior, as sombras bizarras dos brinquedos na parede são de amedrontar até os mais corajosos. Pôde confirmar quando o amigo da escola, um reputado valentão, dormiu no seu quarto e tremeu-se de medo. Após brincarem, contou-lhe sobre o vizinho. "Mas nada, nem luz ligada, nem barulho de salto alto?", perguntou o colega, seguido da triste resposta: "Nada, nadinha".

A curiosidade é um bicho papão, quanto mais a gente investiga, maior ela fica. O menino imagina o apartamento por dentro. A sala de estar embalada com papel de parede em linho pardo. Os móveis antigos e tapetes persa como os que vê na casa da colecionadora de arte amiga dos pais. Suas hipóteses devem estar corretas.

No hall sente o odor de madeira velha e poeira acumulada entre a trama dos tapetes. Devem possuir o hábito da leitura, porque o cheiro das folhas de papel marcadas com o suor das mãos também escapa pelas frestas da porta, chegando às vezes até o seu. Se forem mesmo ladrões, são refinados, vê-se pelo bom gosto da sala de estar e dos quadros e molduras, os mais bonitos que já viu. Por trás da obra maior, diante da mesa imponente, há um cofre, onde guardam todo o tesouro que roubaram, incluindo os famosos ovos de Fabergé, que um dia pertenceram a poderosos czares e agora repousam guardados a seu lado, distantes da cobiça de quem não aprecia a verdadeira beleza. O casal de criminosos pode não ser de todo mau, talvez sejam até bem intencionados. "Eu gosto um pouquinho deles, mamãe", revelou seu apreço por vilões certa vez ao deixar o cinema.

O menino impaciente não esperará pelo pai e o porteiro. Só sossegará quando confirmar ou refutar suas hipóteses. À noite, quando todos dormem, irá vasculhar ele mesmo com a cara e a coragem. Antes que o pai deixe o quarto, diz boa-noite seguido de um longo bocejo forçado. De olhos parcialmente fechados, mas sem revelar que observa entre a cortina de cílios, finge dormir. Será um grande ator no futuro, se quiser. Escuta as pisadas do pai cada vez mais distantes, e a porta do quarto se fechar. Levanta-se da cama na ponta dos pés. Na sala atravessa a escuridão com cuidado para não bater no vaso da mesa de centro. As luzes apagadas para não levantar suspeita. Roda a chave e estica-se para alcançar a maçaneta pouco mais alta, girada com o trisco do dedo indicador após várias tentativas. No hall é surpreendido com a porta do cobiçado apartamento entreaberta. Não acredita nos próprios olhos, esfrega para ver se é verdade. Desconfiado, e para ser educado, bate à porta com as mãos leves. Ela escancara ao grito agonizante das dobradiças velhas. O menino pede licença para entrar, explica que encontrou aberta. A curiosidade o impede de aguardar uma resposta. Antes que pudesse ouvi-la, iluminado e seguro, adentra o apartamento 302.

Um conto lacaniano

No sonho, eu fazia printscreen.

— Sabe printscreen? Como se faz apertando as teclas do computador, os botões do celular. Printar a tela, entende? Era igual, só que no sonho. Para salvar na mente.

— Se era sonho, já estava salvo.

Disse com a voz de quem sabe.

— Claro, mas não posso mudar o sonho, foi exatamente assim, estúpido.

— Por que estúpido? Foi seu sonho.

— Exato, exato, não que eu ache estúpido, é modo de dizer, você mencionou que estava salvo.

— Os sonhos não estão salvos?

— Sim, estão.

— ...

— Então me parece estúpido salvar o que eu já tenho dentro de mim. Enfim, você entendeu, foi só... pareço estúpido me justificando?

— Teremos que parar por aqui hoje.

E assim acabou a sessão de quinze minutos. A métrica costuma ser essa, excluído um: trinta segundos para entrar, dizer oi, olhá-lo nos olhos, então deitar no divã; trinta para me levantar, olhá-lo no olho outra vez e sair. Dizem que lacaniano é assim. Que analista bom é assim. Confesso que gastei os primeiros minutos em silêncio pensando se devia dizer "printscreen" ou "printar a tela". "Está pensando algo? Tudo é material para análise, até as coisas mais banais e corriqueiras." Dizer que pensava uma bobagem dessas? "Mas nada é bobagem", posso até prever. Ele é das antigas, não compreenderá, provável que nem use computador ou celular, talvez odeie, tantos livros na estante. Parece daqueles que toma algumas notas no Moleskine e escreve uma obra de verdade na máquina. Mas antes do "printar" houve o "escanear", até o "xerocar", deve estar familiarizado. Para ser analista é preciso conhecer as pessoas, o mundo, inclusive a parte chata e medíocre. Imagino que atenda piores do que eu. Preciso me soltar, não há razão para ficar cheio de dedos com o analista. "Cheio de dedos com o analista", antevejo ele encontrando um sentido. Esquece, o cara mexe com isso.

Conheci uma garota que me contou sobre um desencanto amoroso. "E você, trabalha com o quê?", perguntou curiosa ao rapaz. "Mexo com pesquisa", respondeu. Foi o suficiente para nunca mais vê-lo, afirmou inabalável.

— Por trabalhar com pesquisa?

— Não, não é disso que se trata. Sou aversa a "mexer" no lugar de "trabalhar". Me dá gastura e a impressão de que o sujeito não se leva a sério.

Como pode alguém não gostar de uma palavra? Por sorte, ela contou a história no primeiro encontro, antes que eu me entregasse com a maldita. Nossa história não foi para frente, tínhamos pouco em comum ou acabei denunciado com outro termo proibido. Não saberei. Ela tem um ponto, precisamos escolher as palavras que usamos ou corremos o risco de sermos banidos. Lá de onde eu vim, as palavras são diferentes daqui, e até quando são iguais, terminam diferentes, com outro sentido. É preciso atenção para não acabar confundido ou incompreendido. Há sempre uma maneira melhor e mais bonita de dizer.

Fico impressionado com Clarice, arquiteta que projeta minha casa, ela faz coisa boba parecer especial. "Fique à vontade", no lugar de "Sente-se", o que me dá a opção de permanecer em pé, analisar cada espaço vazio de seu escritório, embora sempre me sente. O bom arquiteto não deixa um espaço vazio sem intenção. Não foi falta de inspiração ou orçamento precário, ela quis assim. Vê-se na aparente simplicidade do espaço, na roupa geométrica que veste seu corpo, ressaltando ou ocultando as curvas naturais, na forma concisa de se comunicar, Clarice é especial. Há intenção em tudo que faz e na maneira de ser, mas poucos perceberão. Talvez a achem relapsa ou simples demais. Gente que não cerceia é a coisa mais linda que existe. Provável que eu tenha uma queda por ela, mas não ouso avançar perante tamanha liberdade que concede ao dizer com a voz calma e doce, "sinta-se à vontade". "Faça como preferir, confio na sua criação", minha maneira de retribuir. Bom seria se pudéssemos viver e nos tratar assim, saber dispor de liberdade. Nem todos são capazes ou têm responsabilidade para tanto amor.

Eu poderia revelar-me para Clarice, dizer meus planos, o desejo de morar com ela na casa que projetou. Precisaria encontrar as palavras certas, as mais bonitas, capazes de expressar o que penso quando a observo no escritório. Em vez de encarar as palavras que me tornariam real para Clarice, finjo que me contento sendo apenas o que sou, o que penso e sinto. Seria privilégio ouvir o que ela pensa de mim, que palavras escolheria, quais características ressaltaria a meu respeito. Talvez ela mostre que não sei quem sou e enganei-me todo o tempo, que não sou confuso com as palavras, convença-me que sou seguro e aponte qualidades que nunca encontrei em mim. Algumas pessoas têm o dom de perceber na gente uma novidade, um brilho que jamais notamos. Talvez Clarice não saiba que seu gesto é sutil ou não compreenda o papel da sutileza em meio à brutalidade. Quem tem a sorte de se deparar com a pessoa que o enxerga, abrir-se é a melhor maneira de se encontrar. Mas sou medroso, e tenho medo de errar com Clarice, tropeçar nas palavras e chamá-la de abutre podre. Autoconhecimento é armadilha para fisgar covardes como eu. Quanto mais investigo, mais me desconheço. No divã, confundo-me todo, gasto mais tempo me explicando do que me entendendo.

Na sala de espera, antes de deixar o consultório do analista, outro paciente aguarda na poltrona, ilegível, nariz e testa imperturbáveis. Aposto que não gasta tempo falando asneiras como eu. Tem problemas de verdade, passou por traumas terríveis, vejo o franzido e as marcas de quem superou o luto. A tristeza o movimenta, diferente de mim que nunca fiz bom uso dela. Fico impressionado com quem dá a volta por cima. O analista contou que Freud escreveu sua grande obra após a morte do pai. Se a expectativa é que eu escreva a minha, está enganado. Sou daqueles que se entregam.

— No máximo um conto lacaniano.

— ...

— Lacaniano. Bem curtinho, entende?

Nunca fui bom com piadas. Por sorte não encerrou a sessão com quatro minutos, confirmaria minha provocação.

Enquanto lembro, desço as escadas do edifício na Vila Madalena. Pergunto-me se há isenção ou facilitações para psicanalistas na região, pressuponho ser a maior concentração por metro quadrado no Brasil. Provável que há muito tempo tenham formado ali uma comunidade alternativa, fundaram a resistência, mas o mundo trata de perverter ideais puristas: analistas em silêncio, botecos com tevês gigantes e torcedores eufóricos hoje convivem juntos. O nome das ruas, Purpurina, Harmonia, Girassol, me deixam à vontade, até esqueço que vivo numa cidade escrota quando olho as placas. As palavras têm o dom de iludir. Uma família de pombos tristes pousa na sombra. Os pombos são sempre tristes porque vivem nas cidades, nunca os vi em outro lugar. O sol derrama uma alegria repentina no telhado das casas. Cruzo a rua convicto de que viver vale a pena. O carro aguarda no estacionamento, decido caminhar, não sou o único. Acompanho os passos do sol, as nuvens abrem. Um dia bonito: caio com a cara no chão.

— Está tudo bem? — uma mão estendida, outros três param para ajudar.

— Acho que sim, tropecei no buraco.

— Está sangrando. Tem certeza que está bem?

— Tenho, é superficial. Obrigado.

Levanto-me apoiado na mão amiga. Sangra pra valer. Pegou uma artéria, penso, daquelas grandes e importantes que bombeiam sangue para todo o coração. Desmaio.

— Oi, Zeca, está melhor?

Acordo com uma voz desconhecida chamando meu nome.

— Você bateu a cabeça, depois desmaiou. Melhor ir pro hospital. Posso te levar.

— Nos conhecemos?

Como sabe meu nome? Terá descoberto no celular, através do reconhecimento facial e dos meus aplicativos? Zeca é apelido, mas se todos me chamam pelo apelido, até no trabalho, não há nada a fazer. Prefiro. José Carlos cai bem no senhor sisudo do almoxarifado.

Sentado na calçada, decido que não vou para emergência, odeio hospitais. Se continuasse caminhando, não fosse a queda, o corte, o desmaio, não conheceria a moça bonita. Esperei minha vida toda por quem me encontrasse desacordado e me chamasse pelo nome.

— Zeca, sou eu, Clarice — ela abre um sorriso generoso.

Os olhos presentes e desarmados, rosto e mãos familiares. Claro, as mãos inconfundíveis já tocaram as minhas antes da queda. São as mesmas que desenham as paredes e os móveis da minha casa. Não a reconheci de pronto, mas não há nada diferente, os mesmos cabelos curtos cor de mel, segura sem esboçar desconsideração, as sobrancelhas fartas. Talvez o desmaio tenha afetado minha lucidez. Como pude ser tão relapso, até supor que tivesse acessado meu celular. Pudera ser uma velha conhecida, esse tipo de ajuda virou raridade na cidade.

— Clarice, você é um abutre podre.

Na semana seguinte, trinta segundos para entrar, dizer oi, olhá-lo nos olhos, deitar no divã:

— Continuando o que dizia na última sessão...

— Não precisamos retomar de onde paramos.

Conto sobre minha estupidez, a queda seguida do desmaio, sobre Clarice. Ela nunca foi parar nas sessões de análise, onde só costumo levar problema, até chamá-la de abutre podre. Por um momento esqueci quem era Clarice. Fui encontrado por uma desconhecida que me chamou pelo nome. Talvez não me ocorra surpresa como essa outra vez, o espanto de ser reconhecido desacordado, resgatado e convocado a viver de novo. A revelação de que ela me conhecia foi um golpe. A linguagem é um tropeço: deitar no divã é jogar-se no abismo com a corda atada aos pés. A corda estica lá em baixo, o corpo pesado de ponta-cabeça. Você entende, as ideias caem, então volta sem elas, a corda enrolada, o corpo molenga sacudindo, para quem sabe, outro dia, cair e entender de novo. Será que dormem? Uma amiga me contou que pegou o analista cochilando. Deitada no divã, enquanto falava, virou-se repentinamente, e tcharam!, estava certa: dormia como um bebê. É chocante a quantidade de histórias como essa que se escuta, o que me leva a crer que não sejam casos isolados. O meu analista faz isso, nunca o flagrei, mas afirmo convicto, cochila durante os longos silêncios que escuto. Eu também gostaria de relaxar meu corpo no divã, flexionar as pernas, virar-me de lado e dormir. Dormindo, sonhar alto para ele ouvir as palavras, as imagens, as sensações certas.

O meu analista fala coisas sem sentido. Eu gosto, inclusive. Os comentários lacônicos, seu jeito confuso de organizar as ideias, fazem eu me sentir acolhido. É nessas horas que baixo a guarda e relaxo. O sonho da semana passada foi assim:

— Fotografias do banheiro da casa onde morei na infância. O banheiro dos meus pais, mas diferente. As formas, tamanho e disposição eram os mesmos, mas as cores, os desenhos dos azulejos não. Era uma versão falsa do banheiro dos meus pais, embora soubesse que era o mesmo. Então, para não me esquecer, printava as imagens para salvá-las na mente.

— Vamos ficar por aqui hoje.

A amante

A janela e as cortinas de tecido observam o tédio, permanecem paradas encarando a mesmice, o calor. Quem entra e vê a cena não percebe o buraco aberto no tempo, a agonia escondida na calmaria apenas cessada pelo estalido natural dos móveis. O carrinho de bebê não estava antes, agora aguarda na antessala. Existem outros elementos, mas não são importantes para serem notados, apenas as coisas corriqueiras encontradas em todas as casas. Esse resto despercebido cobrará atenção, por enquanto ignorá-lo é necessário. Junto com o carrinho vem o choro insistente. Os braços quentes da mãe o acalmam. Canta a canção de sempre, baixinho, quase um sussurro, e o deita de volta. Ele sorri dormindo, ela some.

O pai toma banho, a água cai forte nas costas. O corpo molhado, quando se movimenta, reflete nos azulejos, e quando encontra as janelas, invade a parede do prédio vizinho, formando um jogo de luzes atrativo para quem vê de fora. A janela aberta é propícia para que pouse um pássaro ou entre uma mulher; ela entra. Estou tomando banho, ele diz. Enquanto termina de atravessar o basculante apertado, a mulher pede desculpa, conta que brigava com a outra e precisava esconder-se em algum lugar, porque a discussão havia ficado séria entre as duas. A janela aberta foi o convite, a luz refletida pelo corpo, o farol. Ele fala que é absurdo invadir o banheiro do décimo andar enquanto se lava, mas não perde tempo com argumentos. Descem juntos, não de escada, nem voando, ela corre na frente e desaparece no mato, ele tira satisfação na portaria, por que deixaram a mulher entrar e escalar as paredes do prédio. Está nu, agora é tarde, situação constrangedora, reclamar nu é péssimo, acaba de descobrir. Outras pessoas observam sua indignação, contam que duas mulheres foram vistas mais cedo discutindo alto, proferiam acusações para todos ouvirem, provável que a invasora fosse uma delas. O homem confirma, ela própria havia dito sobre a briga quando interrompeu seu banho, talvez fosse confiável.

Da mata a procurada ressurge, explica que não fez por mal e não precisou escalar as paredes, apenas subiu a escada em espiral. O homem confirma, por insistência dela, os degraus de ferro que levam direto para o seu apartamento, precisamente o banheiro, uma afronta a ele e sua família. Para acalmá-lo, a mulher o beija, as pessoas aplaudem felizes o novo casal. Lembra-se que está nu, ela sente sua ereção, decidem ir para um lugar mais reservado, distante da plateia. Ajuda a tirar o vestido de cetim, os bicos dos peitos eretos, mais rígidos quando os acaricia, quase chega a tocá-los quando passa a mão na penugem. Sente ele beijar suas costas e o pescoço enquanto repousa o cabelo de lado inclinando o queixo para baixo. Mete por trás o pau duro, que entra fácil banhado pelas secreções. O homem goza. Deitado com os músculos relaxados e os olhos pesados, observa-a desaparecer na mata outra vez.

O rapaz adormece no canto. Na infância, escondia-se no mesmo lugar quando brincava com os mais velhos. Era o caçula entre as crianças do edifício, cujo apartamento herdado após a morte dos pais hoje abriga a esposa e o filho não planejado. Será filha? Teria de confirmar com a mãe. Quando o bebê chora, é ela quem corre para acalmá-lo, ou talvez já esteja disposta a seu lado, deitada no piso da antessala aguardando o chamado. Enquanto isso, o homem toma banho, os dedos enrugados, a água e o tempo redesenham o corpo, a cada dia mais anguloso, subtraído e cheio de reentrâncias, como o mar e o vento esculpem as pedras. A ducha forte é uma pancada nas costas, esquece quanto tempo fica ali parado sem pensar em nada, uma hora, a eternidade. Às vezes, escuta a esposa sussurrar de longe canções para o bebê, tortura doce e melancólica somada ao barulho da cascata que cai no corpo petrificado. Agora dorme, igual ao bebê na antessala. Fora ninado por outras mulheres no mesmo lugar. O carrinho, a janela aberta, as cortinas de tecido voam e batem contra a parede, lembra-se perfeitamente, são memórias vivas, o bebê acariciado é bastante parecido.

Desperto e de volta para casa, encontra a mãe do bebê, conta tudo o que aconteceu em detalhes. A esposa acha audácia construírem a escada em espiral e vai até o banheiro confirmar. Sente vertigem ao olhar para baixo, enjoada desde a gravidez, recua e pergunta da mulher invasora. Ele conta sobre a fartura dos seios empinados, o prazer de penetrar o orifício quente, a beleza dos cabelos ondulados. A esposa acha graça de tudo, gosta de ouvi-lo contar suas histórias. Revela que a outra com quem a tal amante brigava era ela própria, embora o marido não acredite. Por que discutiam, de onde se conhecem? Ela assume que a ama, implorava seu amor quando correu desvairada e subiu as escadas. O homem decide acreditar na esposa e compromete-se a trazer a mulher de volta.

Abre o basculante do banheiro e desce pelado a escada em forma de caracol, girando, girando, girando, chega tonto lá em baixo e exclama para o mato escuro: apareça! Volte para curar nossa melancolia, traga de volta nossa vida. A amante diz que terão de sacrificar o bebê caso queiram seu serviço amoroso, esse é o preço a ser pago e não cede à condição. O espírito assassino da mulher fascina o homem, disposto a abrir mão do bebê. A conversa flui agradável entre marido e esposa, ele expõe as vantagens de ter uma amante que atenda ambos, ela pede alguns minutos para pensar. Não posso abrir mão do meu filho, a proposta é sedutora, mas não me parece vantagem, não agora. Da janela o homem grita desolado: não queremos mais seus serviços, fuja e nunca mais volte.

Na margem da mata, a mulher escuta o rapaz implorar seu sumiço. A cada passo que dá para o interior escuro e fechado, a pele macia envelhece e cai sobre os ossos aparentes, peitos murchos, a coluna curva, os pés rastejantes. Sentada na beira do rio de água parada cor petróleo, a anciã penteia os longos cabelos ondulados e grisalhos enquanto observa sua imagem espelhada no rio, a bela e jovem amante, tal qual avistada fora do matagal. Homem e esposa não imaginam que no útero gasto e podre da amante o óvulo é fecundado, um filho é gestado na barriga da velha, no coração da mata escura.

O cotidiano do casal é um tempo suspenso, ele no banheiro, ela na antessala, viciados na cena entediante que volta insistente sem que possam controlar, destituídos de autonomia e vontade, presos à engrenagem da qual são parte, embora não sejam capazes de enxergar ou interceder. Massacrados, cada um a sua maneira. A esposa pensa que ele é feliz no banheiro, o homem imagina que ela foi feliz com a amante. Não se pode falar em tristeza no tempo que vivem, pois é curto demais, volta sempre para o mesmo ponto, não cabe sentimento, existência, apenas uma vida.

O tempo de vida de uma mosca é de trinta dias, talvez menos, não mais que isso. A mosca voa a última vez, pousa em algum lugar do apartamento e morre. Nunca se viu mosca morta, elas apodrecem rápido, sem deixar vestígio. Mergulhados no tempo particular, nem o homem, nem a esposa verão o desfecho da curta vida do inseto, apenas o bebê assistirá o derradeiro fim, e esquecerá, mantendo-se ignorante à morte, por enquanto.

A esposa entrega ao bebê a resignação que não possui. Nunca pensou ser mãe, também não desgostava da ideia. A gravidez transcorreu sem maiores problemas, exceto o enjoo e tontura que ainda a acompanham, junto às pálpebras caídas quando leva o bebê ao colo e extrai dos braços a força findada. Pretende habitar o próprio corpo outra vez, mas sempre que empreende a mudança, sucumbe ao choro do filho. Ela permanece imóvel na antessala. De frente para a porta trancada, pôde ouvir enquanto fechavam o lado externo com tijolos e cimento. Para sair, a única via é a janela. Nos intervalos entre os choros, ela fica estirada no tapete, de onde vê o céu azul pálido, sem nuvens, as cortinas imóveis, sente o mormaço.

No centro do mato cortado pelo rio de águas soturnas, a amante dá à luz. O bebê expelido afunda, não há quem resgate, a mulher está cansada e velha. Desinteressada e quase desistente, mergulha a cabeça, as enormes madeixas cinzas boiam, estira a mão até o fundo e apanha com a garra o filho roxo e sufocado. Joga-o em cima do pano estendido na lama seca. O pequeno não reclama, agradecido por respirar, aos poucos recobra o rubor da face e extremidades. Ela cai ao lado na parte úmida do lamaçal. Enquanto afunda vagarosamente, aproveita para descansar um pouco, então levanta-se antes de ser tragada. Enlameada reúne as pontas do pano e apoia sobre os ombros o saco forjado com o neném dentro. Ela o entregará ao pai para que o crie. Se houver recusa, o deixará morrer sozinho na mata. No caminho de volta a amante recobra pouco a pouco o viço. Quando põe a cara para fora das folhas, é mais bonita e jovem que antes.

A amante avista o décimo andar, a escada mágica ainda resta, veem-se as luzes emitidas pelo corpo sair através do basculante. Enquanto sobe com o saco chacoalhando nas costas, vê desaparecer a luz. Pela janela do banheiro, ela entra, toma o longo corredor, o apartamento está vazio. A mulher sente falta de um sinal, um vestígio que possa guiá-la, como a luz que a conduziu ao apartamento quando fugia do confronto com a esposa. O silêncio é interrompido pelo choro que vem da sala. Ela encara o chamado, impelida a procurar a fonte do esperneio. Na antessala, encontra o carrinho, aproxima-se, há um bebê. Acalma-o sussurrando uma canção. O marido toma banho, a água cai sobre o corpo. Não venta e faz calor, as janelas abertas, as cortinas repousadas assistem o tédio. Quem é ela? Os que entram notam apenas as coisas corriqueiras de todas as casas.

Estranha ligação

Uma mensagem recebida no celular: oi. O remetente preguiçoso, radicalmente sucinto ou interrompido por urgência, não se estendeu além do cumprimento trivial. Tampouco havia o número do emissor ou informação que o identificasse como privado. Uma mensagem igual a todas, mas sem vestígios da procedência.

Um oi anônimo e sem desdobramentos causa inquietude até nos mais apaziguados, como Paula, dona do telefone. Não convém, todavia, chamar-se dona, pois acredita na intenção de se comunicar, e se isso não for indício de autonomia e vontade, fingirá não saber.

Paula entende que não possui mais controle, o celular tenta contato. Suspeita faz tempo, quando o via vibrar sem motivo, tombava de repente da mesa de cabeceira mesmo colocado no centro sem risco de queda, ao desobedecer os comandos do dedo ou da voz. Clara rebeldia, como a criança que tenta chamar a atenção, mas não descarta hipótese mais grave, um chamado de socorro, o que não se deve ignorar.

Depois de acumular tantas informações, escutar todas as conversas, é certo que tenha algo a falar. Poderia deixar passar, ignorar a mensagem, encará-la como simples defeito, afinal os aparelhos não são criados para durar, essa é a intenção, que os troquemos por fortunas a cada dois ou três anos, descartados e incorporados ao enorme e crescente lixo eletrônico. Mas ela reconhece algo especial no celular, algo que não enxerga nos demais, ainda que igualmente realizem todas as funções que se esperam de um, outros até mais tecnológicos que o dela. Parece querer ir além, claramente pretende revelar algo.

Paula sente-se lisonjeada por ser escolhida, pois não acredita que existam outros como esse, tem certeza que não. Guarda para si o segredo, à espera do sinal contundente, que a permita concluir de uma vez que o celular na bolsa possui alma. Desprezar o chamado seria fingir não perceber sua qualidade especial, pior, ingratidão, porque ele é sua companhia durante as madrugadas, testemunha nas noites que passa em agonia, com nó, aperto e tudo que amarra por um instante a existência e então afrouxa deixando passar o fino ar que permite o respiro precário. O celular ilumina esses momentos quando acende a tela deitada na cama do quarto escuro, revela seu olhar quando está desligado e se vê refletida no ecrã preto. Sua foto mais real, feita apenas de contornos escuros, porque, embora muitos não percebam, existem diferentes tons de preto, assim como intensidades de tristeza. Mas não pretende se perder em pensamentos obscuros em plena luz do dia, menos agora que acaba de receber a inesperada mensagem.

Disposta a seguir o diálogo, Paula responde no bloco de notas (não havia como responder de outro jeito, pensa): oi. Aguarda minutos, no trabalho, sentada no vaso, na academia, enquanto dirige, pega o telefone para checar. Abre os aplicativos de mensagem, pergunta em voz baixa sem resposta. Incomoda chamá-lo pelo nome da assistente virtual, mas está habituada e dizer outro seria dar um passo muito grande. Será que a voz é como a da assistente? Talvez não possua voz e sua linguagem seja a escrita ou feita de imagens, por isso continua atenta a qualquer sinal, toda novidade que apareça espontaneamente na tela. Questiona se deveria ter devolvido uma pergunta em vez de replicar a dele, pareceu fria e desinteressada. Mas ele fez o mesmo. E se for tímido e esperar que ela tome a iniciativa, deu o primeiro passo, afinal. Pondera se deve escrever algo mais, perguntar como está, sente-se refém, igual adolescente apaixonada pelo cara que a rejeita.

Ela assume que amou os anteriores, chorou quando foi roubada em frente ao semáforo falando ao telefone, mas com esse é diferente, além das fotos e mensagens não salvas na nuvem, perderia sua presença, tão real e certa. Paula afasta qualquer pensamento que anteveja a ausência de resposta, se o abandono for a realidade, prefere conviver com a ilusão, agarra-se a ela, pois é tudo que tem. Seria insuportável pensar que perdeu contato com o amante desconhecido, não está preparada para o golpe. Para afastar a ameaça, dedica cuidado especial ao telefone, limpa a tela com esmero usando o lenço de papel sempre que termina uma ligação; não repara os pequenos arranhões e lascas que possui, pois conferem autenticidade e charme, que jamais pensaria corrigir ou disfarçar.

Ela põe o telefone na bolsa com carinho, acomodado junto à almofadinha de nécessaire, e o imagina equilibrado no escuro enquanto chacoalha junto à carteira, chave e caixa de remédios. As pancadas e quedas são inevitáveis, mesmo que realize movimentos sutis e evite freadas bruscas quando dirige, matemática cinética que custa energia e atenção. Paula teme sofrer baques como esses e controla as variáveis que pode, prefere acreditar que criou um mundo protegido, se não para ela, para o amado celular.

No restaurante com duas amigas, Paula sente o sabor do queijo da Canastra enquanto leva a taça de pinot noir à boca e escuta sobre carreira, filhos e relacionamento, nessa ordem.

— E você?

Paula engole seco com a taça suspensa no ar.

— Eu?

— Paula, dá pra ver. Está tudo bem?

Culpa-se por ter deixado escapar um indício de sua alienação, a expressão que denuncie viver à espera.

— Se vocês recebessem uma mensagem anônima no celular, o que fariam?

— Depende. O que diz a mensagem?

— "Oi".

— Oi?

— Sim, "Oi".

As amigas riem, depois Paula, que se junta ao coro numa versão mais nervosa de riso e desconversa pedindo ao garçom que traga mais queijo. Revelar-se frágil para as amigas nunca foi questão, mas dessa vez atestariam sua loucura. Guarda o segredo acreditando que sua discrição contará para que o telefone entenda que é confiável e possui as melhores intenções.

É sofrível viver em função do que não se concretiza. Nunca deu atenção àqueles que a desprezam, armadilha corriqueira nos jogos amorosos, aos quais Paula é ciente e precavida. O telefone, porém, desperta na dona o desejo de compreendê-lo, o paradeiro aumenta a vontade de salvar sua alma machucada. Atender ao chamado e cuidar do pequeno objeto como uma serva não ameaçará sua dignidade, pois terá recebido o que precisa. A mensagem anônima trouxe Paula de volta, porque esteve muito tempo longe, vivendo sem esperar, sem sofrer, conformada com a tranquilidade.

Sentada na poltrona de leitura escuta a campainha tocar. "Dona Paula, flores para senhora, acabaram de deixar." Por um momento, Paula imagina que o celular pretende presenteá-la. Aborrecida por pensar bobagem, atrás do jardim vermelho, fecha a porta sem se despedir. Senta-se na poltrona com o buquê ao colo, separa as rosas à procura do cartão perdido, mais fundo, sacode, as pétalas caem, o dedo sangra ao tocar o espinho. Droga. Apanha na bolsa o celular, olha-o de frente, refletidos na tela a decepção e o ressentimento, algumas sílabas tremulam na boca. Permite crescer na face, músculos e rugas, a raiva reprimida. Está pronta para dizer o que pensa e guardou imaginando ser recompensada, reclamar a desconsideração disfarçada de carência. Se fosse mesmo sofrido não machucaria sem piedade. Olhando-o de frente, diz apenas com o olhar que não é ingênua e tola como acredita que seja, não fará com ela como fez com as outras. Tasca o celular na parede. Quando o vê caído no chão, corre até seu resgate, a tela rachada, começa a chorar arrependida pelo que fez. Esboça alívio ao ver que ainda funciona, mas não contém o choro.

— Por que faz assim? Eu estou pronta para ouvi-lo. Sei que não me escolheu ao acaso. Apareça, eu te amo.

Uma notificação pipoca na tela acesa do celular. Percebe de relance a ausência de remetente, só pode ser quem espera. Recobra a feição tranquila, feliz por receber o recado que traga de volta a chama e a convença da vida. Paula lê a mensagem do celular, enxuga a última lagrima e olha para o relógio. O som dos ponteiros e da porta abrindo, ele entra.

O telefone é um sujeito garboso, fuma charuto e veste terno bem cortado de lã bege, em combinação bastante harmônica com a barba branca que desce quatro dedos abaixo do queixo e projeta-se para frente, chegando antes da sua persona deveras bolorenta. Possui lenço de linho branco sujo de sangue enfiado no bolso. O nariz sangra numa frequência irritante, intercalado a espirros e fungadas que parecem tiques, rinite ou estilo apenas. No todo aparenta um velho amigo, desses que se pode confiar e confessar segredos, mas com o qual não se pretende subir no conversível, pegar a estrada e deixar tudo para trás. Ela o olha percorrer a sala em silêncio, toca a estante como se acariciasse uma superfície aveludada, examina os livros, os títulos, os autores, as épocas. A realidade envelhece, ouve-se o som cadente do relógio, a paisagem na janela em tons de sépia, o ar estático, como as pessoas adormecidas nas casas, paradas na rua. Paula compreende, droga de celular velho, gasta muito com remédios e caminha claudicante. As lentes dos óculos rachadas sabem e viram o que ela não, e a olham sem dizer. Paula não consegue ler o que ele pensa a seu respeito, ainda o ama, mas pode deixar em instantes, cabem reviravoltas na tarde que ilumina o apartamento pela janela. Ele mal caminha, apoiado nos móveis resiste com a mesma expressão intraduzível, sem agonia, dor, nada que revele estar próximo ao fim. Os olhos emoldurados pela armação redonda piscam no compasso do ponteiro, anunciando que se fecharão. Ele dorme na estante. Paula decide, amanhã comprará outro.

Adeus, São Paulo

O jornal aberto no balcão velho: morre o grande artista. Não quero parecer saudosista, nem antecipar obituários, mas e quando essa geração nos deixar? Uma turma na faixa dos oitenta que nos inquietou. O copo desliza na madeira encerada, os cubos de gelo tilintam, a pergunta volta: e quando toda essa geração nos deixar?

Na tarefa de viver o que mais cansa é a necessidade contínua de reinventar sentido. Me vê outra dose? Tenho insistido na importância de mantermos a esperança viva, acreditar que fomos marcados o suficiente por aqueles que nos deixaram, de modo que se perpetuam em nós, e sucessivamente. Legado não se perde, é transmitido e vive de novo renovado. Uma pausa para virar o copo. De alambique é outra coisa, Zé Inácio. Deixe eu apresentar: Zé Inácio é o garçom, me atende nesse balcão velho há pelo menos 20 anos, nos tornamos amigos confidentes, conversamos sobre tudo, admito que às vezes me excedo no monólogo. Como dizia, na tarefa de viver o que mais cansa é a necessidade contínua de reinventar sentido. Tudo de novo e insistentemente, não há descanso para uma alma viva, sobretudo as tristes. Qual a diferença entre a profunda tristeza e a morte? No primeiro caso você sente que está morto, enquanto o morto nem sente.

Estou cansado, não tenho mais o que reinventar, o mundo me parece horrível. Até o boteco perdeu a graça, ou fui eu? Não reconheço nenhum rosto. A mulher sorri, mas tenho certeza que não a conheço, nem ela a mim, é que às vezes pode ser desesperador viver só, daí uma troca de sorriso, o mínimo gesto gentil, servem para nos lembrar que não morremos. Sorrio de volta para confirmar que ela está viva, satisfeita com o sinal, vira a cara para o outro lado.

Assim é viver aqui, há regras de convivência que precisam ser respeitadas, a mais radical delas é manter o desencontro, qualquer excesso, qualquer transgressão poderá custar o banimento. Já fui banido tantas vezes que não me incomoda mais minha inadequação. Em vez de sorrir, poderia ir em sua direção ou pedir que se sentasse ao meu lado, mas aquele sorriso só me pareceu uma pergunta seca: estou viva? Sim, está, adeus. Outra dose, por favor, caprichada.

A vida acaba encontrando maneiras, ainda que às vezes custe a acontecer e deixe um rastro. Confiar na capacidade de renovação, mais que uma crença, é questão de sobrevivência. O novo dá as caras para nos lembrar que estávamos enganados, que é preciso olhar para outra direção, reinventar as formas de pensar e viver. Meus livros já nascem velhos e ultrapassados, por mais que tente me livrar — e sobretudo quando tento — do cheiro de poeira nas linhas que escrevo. O sujeito que não cabe no tempo presente e busca nas lembranças do passado a preservação de suas ideias, acaba sempre derrotado, insiste na contramão, resiste a avançar, está sempre com o freio de mão puxado. Essa batalha é vã, não se deve lutar contra o tempo, pois até mesmo o presente (única chance para atuar) não existe, vira sempre passado. Mas quem disse que eu luto para ganhar? Eu luto, Zé? Você que me conhece responda.

A feição de Zé Inácio está particularmente neutra hoje, finge que não me escuta, mas comprovo que sim quando o vejo encher o copo outra vez após meu pedido, talvez por pena, embora não seja minha intenção despertá-la. Considero o sentimento mais desprezível que existe, nem as piores pessoas despertam isso. Quase ninguém hoje em dia sustenta uma conversa que não seja solar ou ofereça algum tipo de esperança. Eu sempre carreguei o compromisso de não parecer sisudo, não derramar amargor e pessimismo nos outros, mas há limite para a esperança: quando se confunde com tolice e barbárie. A dignidade que ainda resta em mim não permite que eu cheire flores perfumadas num campo de cadáveres empilhados em putrefação. Isso é o que virou o Brasil. Eu ainda me espanto, essa capacidade não perdi ao menos.

Há muita gente nutrindo a esperança falsa só para abrir caminho para a violência. Loucura a minha, com quem converso mesmo? Todos foram embora. Adeus, Zé, pode ficar com o troco. As luzes se apagam, uma a uma, fecho os olhos. Faz frio e silêncio.

Deixo para trás a porta do bar, que despeja os últimos como eu. Agora caminho pela rua enquanto garoa, nunca mais tinha visto acontecer, me deixo molhar, lentamente encharcado pela umidade que granula o céu de São Paulo. Céu é modo de falar, faz tempo não o vejo, muito menos horizonte, mas não quero voltar para a ladainha da esperança. O Centro de São Paulo me traz alguma alegria, talvez porque pareça triste como eu, ou porque revele verdades que a cidade insiste apagar. O centro ainda pulsa.

Afundo os pés no passeio público, depois as pernas, mais e mais, meu corpo carrega o peso de todos os corpos em cima de mim. Fazem força para que eu afunde, sem piedade de minha fraqueza. Não avanço, espero imóvel que o peso diminua e eu possa então voltar a caminhar, cansado e covarde como tenho andado. Há quem gostaria de me ver assim trôpego, vencido, quase desistente, me ver tombar e nunca mais me reerguer. Serei encontrado morto ao nascer do dia, num beco esquecido do centro, ensopado pela chuva fina que cai lentamente toda a madrugada. Morto pesa mais que vivo, quantas pessoas são necessárias para carregar um caixão? Sei que estão lá em cima, setecentos mil em cima de mim, empurrando para que eu caia. Meio zonzo de cachaça, verdade, meu corpo nunca mais recuperou o equilíbrio após os infinitos golpes dos últimos anos.

E quando essa geração inteira nos deixar? Não tem jeito de me livrar da pergunta. A mente iluminada que apanha nossa mão e nos conduz para a janela, onde ventila e faz sol, e nossos sonhos podem germinar no solo fértil. Suplico ao tempo que não avance, permaneça igual meu corpo, que caminha parado. Cruzo a Ipiranga com a São João, não sinto nada. Que merda. Culpo-me por não conseguir me manter vivo. Caetano completou oitenta? É bonito como ele insiste viver quando a morte espreita as mentes de toda a gente brasileira. Eu aqui preocupado com a morte deles, meus ídolos, esqueci de notar a minha. Eles continuam iluminando, resistindo contra o tempo e a morte. Ainda vivem e sempre viverão. Você está vivo, Caetano, posso atestar.

Amanhece, estou encharcado. As ruas ganham outros passos, a cidade está de pé, volto a caminhar, ritmado com quem acorda e junta-se à multidão. Desafogo as pernas, os pé suspensos do chão, as pessoas espremidas em bloco são levadas e levam-se juntas, se precisassem andar, cairiam com uma força tão brutal que afundaria o umbigo da cidade até tragá-la inteira, sugada para o interior da terra. O sol penetra o adensamento de nuvem, chega fraco, mas resiste a iluminar os rostos desesperados e maltratados. A agonia misturada à pressão eufórica, o imperativo energético diluído no caldo de fadiga e desistência. São Paulo, sua impostora, acho até que sinto alguma coisa acontecer no meu coração. Se não conhecesse seu disfarce, suas balas, grades e chefes, afirmaria que está viva. Adeus, São Paulo, temos muito em comum, eu também morri faz tempo, ninguém deu por falta de mim. Adeus. E quando todos nos deixarem, quando não restar mais quem nos ilumine, eu não estarei mais aqui, estarei morto. Aquele tipo de morto que não sabe que está, já não grita, nem chora, deitado para nunca mais, como aqueles em cima de mim atestam, sem saber, quando insisto: e quando toda essa geração nos deixar?

A mulher misteriosa

Ela acorda todos os dias às seis em ponto para cumprir a obrigação. "Margareth e Simon, levantem ou perderão a hora", diz às crianças. Os dois argumentam, esfregando os olhos e entoando bocejos uníssonos, que é cedo demais, que precisam dormir mais um tiquinho, que a escola pode esperar. Em resposta às súplicas, ela abre as cortinas e o clarão brutalmente invade o quarto escuro. Quando não funciona, recorre à autoridade como ultimato: "Vamos, se apressem; seus pais não gostarão de saber que se atrasaram para a escola." Abre o chuveiro para que a água aqueça, o inverno está rigoroso este ano; ajuda cada um a tirar os pijamas, coloca-os debaixo d'água, xampu, sabão, enxágue, toalhas. Embrulha-os como charutinhos brancos, as bochechas rosadas tremendo de frio. Retira do guarda-roupa os uniformes — calça de lã cinza, camisa branca e gravata listrada para o menino; saia plissada no mesmo tecido, camisa branca e gravata listrada para a menina —, muito bem passados por ela na noite anterior com o ferro a vapor. Veste e ajeita cada detalhe com a dedicação de um alfaiate minucioso, não esquecendo de arrematar com um pouco de lavanda.

O cheiro de pão com manteiga assado na torradeira convoca à cozinha, onde ela termina de pôr uma camada generosa de geleia de morango caseira, servindo também suco de laranja — "Venham, o café está pronto!". Nova York, vista da janela, é uma cidade bege, coberta por camadas de um cinza triste e a fumaça opaca que brota dos bueiros; bem diferente de San Juan, onde nasceu. Os pais ainda dormem no instante em que ela e as crianças — devidamente encasacadas e alimentadas — fecham a porta de casa e caminham até a escola, a dois quarteirões. Têm sete e nove anos, *estão crescidos*, ela pensa ao lembrar de quando chegou na casa dos Brown, numa manhã ensolarada de 1951, e os pequeninos eram apenas bebês. Seu quarto fica no subsolo do prédio, cujos três andares superiores compõem o palacete da família.

Entrega as crianças aos cuidados das professoras e retorna com passos firmes para chegar a tempo de preparar o café dos patrões. Eles costumam acordar pontualmente às sete e meia. As louças, o modo de pôr a mesa, o cardápio, tudo possui requinte na justa medida. Aprendeu certos códigos ao longo dos anos de convívio e treinamento com a senhora Brown, uma mulher visivelmente refinada, dona de uma elegância desafetada. Ela faz tudo sem perguntar, sendo capaz de agradar e, sobretudo, antecipar necessidades, como boa funcionária. Cumpre os horários determinados, é limpa, possui boas maneiras, cuida das crianças e cozinha divinamente: resultado do esforço para retrair seu comportamento expansivo e atenuar o sotaque hispânico.

Após retirar as louças, limpá-las e organizar a cozinha — se não houver outra solicitação —, a senhora Brown permite que descanse por uma hora, antes de buscar as crianças na escola. Ela sabe que não pode se atrasar, por isso desempenha as obrigações com absoluta atenção e eficiência. Coloca o chapéu bege de forma redonda, abas curtas e fita preta; antes de abrir a porta, olha-se no espelho veneziano, certificando-se de ajeitá-lo à cabeça. O cabelo escuro, mantido preso, emoldura a face pálida, livre de maquiagem. O corpo esguio e magro cabe perfeitamente na saia longa e no terno de tecido encorpado de risca de giz, cobertos pelo sobretudo; as meias grossas de lã branca contrastam com as botas pretas. Na bolsa ela carrega uma porção de coisas sem importância, junto à mais importante de todas as que possui: uma máquina fotográfica. Acostumou-se a chamá-la de "la Patty".

Caminha apressada o quarteirão, vira a esquina menos movimentada, conferindo se alguém a segue. Certificada de não ser vista, retira da bolsa, com todo jeito, sua inseparável e clandestina amiga: a máquina; envolvendo no pescoço a corrente desgastada que a mantém pendurada logo abaixo dos seios quando a solta. O prazer de tocar a Rolleiflex, sentir a superfície sólida de couro preta, repousar o olho na altura da lente é o maior que ela já sentiu. Maior do que o despertado pelos beijos e amassos mais picantes de Miguel Martin. Como não sabe o vínculo exato entre eles, prefere chamá-lo assim, nome, sobrenome, para parecer impessoal e não revelar o que sente. Durante as folgas nos fins de semana, frequenta a casa de amigos no Upper West Side, não muito distante dali, onde conheceu Miguel Martin. A família dela vive na Costa Rica. Filha mais velha, foi a única a migrar. Havia a intenção de enviar para os pais parte do montante obtido com o trabalho, ajudá-los a pagar as dívidas. O emprego de babá veio após dois anos como garçonete num restaurante de migrantes latinos. Desde que chegou à mansão dos Brown, agarrou a oportunidade. Mas a principal razão para deixar o país de origem nunca foi o dinheiro; ela queria liberdade.

Miguel Martin já posou para suas lentes, embora ela prefira as fotos tiradas por acaso. Gosta mesmo é de caminhar sem destino pela cidade à procura de raridades, como chama os momentos de delicadeza efêmera que eterniza em suas fotos. Possui centenas delas, guardadas numa maleta junto com milhares de filmes negativos que nunca revelou. Jamais mostrou uma foto sequer para alguém, mantendo em absoluto sigilo a façanha empreendida nos intervalos concedidos pela senhora Brown — um ritual, ao mesmo tempo, sagrado e impuro; um prazer estritamente íntimo.

É atraída por banalidades. Reconhece nelas possíveis enquadramentos, gosta de buscar os melhores limites para uma cena cotidiana, torná-la especial. Um homem descartando um enorme espelho na caçamba de lixo revela o autorretrato dela no instante em que tira a foto. Uma linda mulher com colar de pérolas e a empáfia que esconde um profundo desgosto desce as escadas do Metropolitan — *Para onde caminha? Mudará de vida e ganhará uma feição menos grave?* Estacionado em local impróprio, um sujeito dorme, em seu conversível, com a boca aberta e os braços cruzados. Os pés de uma senhora ao lado dos pés de uma garotinha calçando um lindo sapatinho envernizado; parece ter a mesma idade da pequena Margareth.

Ela repousa Patty entre os seios, presa à corrente envolta ao pescoço, olha fundo para o vazio de ar glacial que preenche seus pulmões quentes e, por um instante, pensa em mudar de vida. Aprender a dirigir, atravessar os Estados Unidos com sua Patty, somente as duas. Fotografar a viagem, as pessoas, os lugares conhecidos. Acordar todos os dias sem a urgência da obrigação, esperando o corpo despertar conforme seu próprio ritmo e impulso; teimar ser feliz.

Ainda pensa sobre o dia anterior. Enquanto esperava as crianças na porta da escola, foi vista por Margareth tirando algumas fotos. A menina, que a observava em silêncio, ficou impressionada com a beleza dos gestos ao segurar a câmera, o modo como o chapéu inclinava-se um pouco para trás, sem cair, quando posicionava o olho frente à lente. Nunca a tinha visto daquela maneira, tão, simplesmente, inteira. Quando percebeu que havia sido flagrada, disfarçou não se importar. A menina quis saber como funcionava *esse troço*, pediu para experimentar. Colocou a máquina em frente ao olhinho de Margareth, que piscava balançando os lindos cílios de boneca, e disse docemente: "O nome dela é Patty, vocês podem ser amigas também".

Perdida em pensamentos, olha o relógio e vê que está atrasada. Isso não acontecia, mas ultimamente, sem explicação, deu para acontecer. Precisa buscar as crianças na escola. Enfia a câmera na bolsa, com os passos apressados, imagina qual desculpa dará à senhora Brown: *os portões demoraram a abrir, provocando o enorme protesto dos pais, sobressaltados com a demora; mas não, essa não pode ser uma boa ideia, e se a senhora Brown decidir averiguar na escola?, ou, mais provável, se durante uma conversa trivial entre mães descobrir que não houve atraso algum?* Enquanto busca uma justificativa mais convincente, sem retardar a passada, ela observa as ruas, a fumaça enforcando as pessoas, a agonia no olhar de quem passa na direção oposta. Não pode continuar vivendo assim, sobressaltada, sob ameaça constante de ser descoberta. Está decidida, comunicará sua demissão aos Brown. Mas como irá se manter? Possui economias, devem ser suficientes por alguns meses até se ajeitar com Patty; e Miguel Martin? Sim, está disposta a romper, ainda que descubra haver nada a ser rompido; as crianças, sentirá falta delas, mas poderá visitá-las sempre que voltar a Nova York.

A senhora Brown começa a notar os atrasos dela, a felicidade estampada na face, a atitude de quem possui convicção plena na vida. Aquilo a perturba ao ponto de precisar agir: desce até o quartinho e vasculha suas coisas à procura da prova que a recrimine. Sem pudor e constrangimento, abre as portas do guarda-roupa, revira roupas e objetos íntimos. Embaixo da cama, encontra uma mala velha. A força exigida para puxá-la evidencia que não está vazia. As fotos e os filmes negativos encontrados deixam a senhora Brown perplexa. Pela primeira vez, esboça algum pudor, tocando o material gentilmente. Conclui de imediato a autoria das fotos, pois muitas consistem em autorretratos refletidos em vidros ou tirados em frente a espelhos. Sente-se absorvida pelo que vê, admira a rebeldia clandestina da funcionária. *Se é capaz disso, do que mais será capaz?*, pensa imaginando todas as transgressões possíveis que lhe ocorrem. O arrebatamento desorganizador, contudo, aos poucos desaparece; a covardia, a ponderação e o despeito controlam novamente seus pensamentos. Ela é incapaz de conviver com uma mulher de tamanha audácia: as fotos exprimem o desejo de comunicar suas ideias, um jeito decidido e próprio de olhar para o mundo.

Na escola, as crianças aguardam sentadas na escada ao lado do porteiro, ela pede desculpas pelo atraso. No caminho de volta para casa, Simon vai na frente, cheio de energia, pulando, contando que brigou com o colega e saiu vencedor. Ela não consegue encontrar o olhar de Margareth, com a cabeça baixa e os passos pesados, evitando qualquer tentativa de abordagem. Permanece calada, em respeito à exigência silenciosa da menina, caminhando ao seu lado solenemente. De súbito, a menina levanta a cabeça em sua direção; tem a expressão autoritária e urgente: "Quem é você, afinal?". Margareth diz que contou para a mãe que ela esconde algo, que saberá quais providências tomar, que ela estará na rua da amargura, que não é bem-vinda, que será deportada para o seu país. Com um estranho alívio, a voz segura e serena, carregada no sotaque, ela responde convicta: "Eu sou a foto que você não viu".

Baile dos mascarados

Todas as lentes e flashes concentrados em sua face protegida por uma enorme máscara veneziana de veludo azul. Garantia assim mais que mistério, não revelar era a maneira de se preservar viva. Havia decidido não derramar suas virtudes a troco de rasteira e maledicência. As olheiras afundavam um buraco negro, vivia fraca e doente desde que se tornou famosa.

Desce do carro com ajuda do fiel escudeiro, um Sancho Pança geração Z carregando a enorme cauda do vestido desenhado com exclusividade pelo artista da vez. Ela também alcançara algo nos últimos anos. O que exatamente?, pergunta-se. Não era esperado que chegasse aonde chegou, contrariou o destino. Criança, exibia-se para a família. Tio bufão preparando churrasco; pão com alho; pai alheio e desinteressado por suas performances; mãe deslumbrada com a vida classe média medíocre que o irmão alcançara: quando crescer, será funcionária pública igual seu tio, essas danças e roupas não te levarão a lugar nenhum.

Dividia o quarto apertado e mofado com dois irmãos, onde encontrava espaço para o minicamarim, compreendido por poucas bonecas herdadas da prima rica, uma caixa de remédios forrada com tecido chinês floral esgarçado e um pequeno espelho oxidado, dois ou três tocos de batons velhos cor berrante que recuperou dentre os descartados pela mãe. Dela puxou a vaidade, a maneira lenta e ritmada de pentear os cabelos cantando baixo uma música. Fazia os serviços domésticos com a rádio ligada, enquanto a filha brincava de ser tudo o que sonhava quando não era interrompida pela mãe — vá fazer sua lição.

Não há nada que justifique mais permanecer na vida glamourosa e cretina que leva do que os sonhos da infância, embora não se lembre de quase nada dessa época. Queria ser reconhecida por todos — sabe aquela menina filha da Zezé, ficou famosa, está na tevê —, a vingança consumada. Dedicou energia nisso, no caminho perdeu tudo, suas motivações e alegria. Nada era como pensava, sem magia, sem luz, mesma névoa fosca que pairava na sua casa e rua. Há de haver brilho em algum lugar, insistia.

Odeia quem se tornou, igual a cada pessoa que despreza naquele meio, tristes e solitárias, receosas de ser. Compensa a solidão com a teatralidade, gestos extravagantes, frases prontas. Falar muito é a maneira que encontrou de não revelar, falar, falar sem dizer nada. Você está um arraso. Na internet, interpreta uma personagem muito próxima de quem foi. Menina natural e talentosa, alcançou popularidade, mas não a reconhece dentro de si, tão estranha quanto os muitos papéis que precisa desempenhar.

Posso fazer uma foto? Pose, carão, um mentirinha aqui outra ali, olhares perversos a penetrar os olhos. O melhor a fazer é desviar, não encarar de frente tanta luz e falsidade, a máscara ajuda. Ela é linda, não se parece com as fotos que posta, ela é isso e aquilo. Precisou apagar-se para se tornar o que os outros queriam, um cabide sempre disponível no armário para suportar todos os trajes e ultrajes. Milhões de *views, likes* ou comentários de ódio parecem iguais, ganharam o peso do enfado e da desilusão. Não acredita em mais nada, inclusive na bondade e na alegria.

Volta para hotel um caco: dois eventos, entrevistas, *network*, gente falsa, festa triste. Sancho filma a suíte, precisa garantir o combinado com a marca, a publi, a permuta, a mensagem maldosa na rede social, o término do relacionamento, a maquiagem borrada. Cuidado, precisamos devolver. Cai na cama com roupa, tristeza e tudo, sem pensar que o vestido é emprestado. Sancho abaixa, encurvado e servil, desabotoa o feixe da sandália com o esmero de quem trisca um fóssil raro recém-descoberto — quem dera cuidasse de mim assim.

O pior de se isolar por medo do mal é fechar junto as portas para o bem. Acreditou que não podia ser diferente, o mundo fadado a jogos de interesses e relações superficiais. Desce para o lobby do hotel à procura do bar, um dry martini para aplacar seu tédio. Acomoda-se no balcão, vestido colado ao corpo em perfeita harmonia com as havaianas que encontra pela frente enquanto deixa o quarto e o capacho questiona sua irrazoabilidade. Me deixa, preciso tomar ar, responde impaciente.

Em frente ao balcão cresce, cheia de si: um dirty martini, por favor, suíte 304, coloca na conta. Luz baixa, a necessária na escuridão predominante, o balcão de madeira desgastada, veios proeminentes, marcas de taças e copos que repousaram ali, vestígios de outras vidas. Toca Cat Power, a voz rouca funde-se ao burburinho de pessoas ao lado, talvez namorados ou amantes, aparentam entusiasmo e curiosidade recíprocas, a batida do piano ritmada junto às memórias — *where is my love*. Volta dois anos, sentidos atentos, aroma de sândalo e couro penetram o ambiente, aquele beijo inesquecível, outro gole de martini, o sal da salmoura a atiçar as papilas, sua boca úmida, pelos ouriçados, o corpo inteiro açoitado pelo desejo. Você é a moça do baile? Te vi na internet. Sim e não, é complicado, já nem sei. Está sozinha? O gim pode ser a melhor companhia. Onde fica o toalete?

Sobe as escadas do lobby cambaleando, andava sensível a álcool ou quem sabe estivesse em vertigem sóbria. Pensou ser melhor voltar para a suíte, no dia seguinte entrevista, ensaio cedo. Quis mandar uma mensagem no celular, perguntar qualquer banalidade, como foi seu dia, mas não tinha em quem confiar.

De volta ao quarto, satisfeita por estar sozinha, despe-se enquanto canta baixo "Where's my love". No banheiro molha o rosto com água gelada, olha-se no espelho penteando os cabelos lentamente como a mãe fazia, enquanto observa dois córregos negros descerem de seus olhos. Decide que não tirará a maquiagem. Deita-se na cama, pensa por um instante largar tudo. Vira-se e, abraçada ao travesseiro, dorme profundo.

Assassinato na Vieira Souto

Olha para ela com desprezo. Inchada, poros abertos, uma nova mancha na maçã — já estava ali? Percebe o contorno do rosto desvanecer, a flacidez desconcertante, diferente daquelas que se pode esconder ou disfarçar com alguns truques ou o mínimo de conhecimento sobre o próprio corpo, procedimentos, formas, tecidos e proporção. Além de enormes óculos escuros à la Sophia Loren e um pequeno ponto de luz que herdara da avó, não há mais nada que possa usar acima do colo no calor de trinta graus da Vieira Souto a fritar seus miolos na manhã de domingo.

Quis acreditar que seria poupada dos fogachos quando fosse a hora, recompensa da qual se acredita merecedora. Trinta e cinco, quarenta, quarenta e tantos graus, chega a menopausa. Estou condenada, pensa ao se olhar no espelho. Antes, minutos na cama, enfadada, redes sociais no celular, corpo inteiro descoberto, vestígios da fúria do calor noturno. Nada foi poupado. O lençol centenas de fios egípcios, o travesseiro centenas de plumas, ela centenária, tudo encharcado de suor.

O lençol estirado no chão cobre uma vítima morta, ela mesma ou seu marido, teria matado durante a madrugada se tivesse. Teve um ou dois, a depender do que se pode considerar casamento para além do que determina a lei. Foi feliz muitas vezes, mas não sente falta dos relacionamentos que desatou. Após encarar-se no espelho velha e derrotada, entrega-se ao vaso sanitário, onde se permite ficar tempo além do necessário, divagando só, sem compromisso ou cobrança, um dos poucos prazeres que restam.

Gentil com todos, menos consigo. Aprendeu assim, embora tivesse há muito entendido os motivos, não conseguiu livrar-se da submissão. Não aquela que todos são capazes de enxergar, dessa estava blindada. Forte, respeitada, conseguiu impor-se e prosperar na carreira. Internamente sentia-se frágil, embora carregasse a certeza sobre seu valor e competência, que a protegeram das armadilhas mais tolas em que uma mulher pode cair. Havia conquistado e feito muito. Permitiu-se, apaixonou-se, amou, comprou as brigas certas. Apostou todas as fichas no que acreditava, mas ultimamente sente-se fracassada. É complicado sustentar o fracasso que não é seu, pagar quando não está em dívida.

Sentada no vaso, ouve ecoar eternamente, mamãe, mamãe, mamãe, mamãe, mamãe, mamãe, mamãe. Morta, soterrada no assoalho do quarto, coberta pelo lençol branco à espera do resgate. Diga, filha — ninguém veio resgatá-la — mamãe está indo. Sempre gentil e elogiada na escola, um doce de menina. Orgulha-se da educação dada, mas teme que se torne presa fácil da tal submissão da qual jamais conseguiu libertar-se, apesar dos esforços para ensinar o contrário à filha. Como pode, tão disciplinada fora e tão colapsada em casa? Parece vingar-se do mundo através de mim, eu mesma não havia me vingado de ninguém. Para onde foi minha raiva? Sente agora, inclusive da filha que tanto ama quando grita mamãe sem parar, uma toada grave e pesada, a ponto de atendê-la imediatamente apenas para reivindicar o direito ao silêncio.

É capaz de empatizar com a filha, embora não tenha, como ela, em quem despejar sua agonia. Em algum momento do passado talvez, na mãe, nos namorados e maridos que teve. Está farta de jogar nos outros sua raiva, decide que não culpará mais ninguém por suas frustrações. Fez análise por quinze ou dezesseis anos, Édipo forte etc., um compromisso consigo, depois com a filha. Entregamos nossa pior versão para quem mais amamos, confessou deitada no divã. Sempre hábil, gentil e tolerante com amigos, colegas e clientes. Incompreensível, voluntariosa e arredia em casa.

Muita mágoa acumulada, ressentimento de outras vidas, gritos ancestrais clamando justiça por causas que nem sabe. Causas que se tornaram suas também, mesmo que não queira ou negue. O mundo lá fora não acolhe nossas dores, é preciso gritá-las em algum lugar. Mamãe, mamãe, mamãe. Chega, Clarice, não tenho um minuto de paz, estou com dor de cabeça, o que você quer? Estava suja de cocô, período de transição tem dessas. Onde está Maria, não voltou do mercado? Era seu braço direito, esquerdo e os demais que gostaria de ter; não contava com ninguém além dela. Mãe de três, sustentou os filhos sozinha com o trabalho. Ajuda no que pode Cleonice, vizinha e amiga de infância, que ajuda outra, que ajuda outra e outra.

Corre pela sala com papel preso à bunda por limpar. Não tem graça, Clarice, sua mãe está falando sério. Cansada de tudo, não pensa correr atrás, desaba no chão e chora. Incorrigível segundos antes, para espontaneamente ao ver, pela primeira vez, a mãe chorar. Procura o olhar da mulher sem nome, mãe, esposa, filha, profissional, apenas mulher. Olhar fixo, perdido em lugar nenhum. Clarice aproxima-se, busca seu abraço. Corresponde limpando a lágrima com um sorriso forçado. Olha só que desastre, agora estamos as duas sujas, literalmente na merda. Gargalham e compartilham mais que um abraço, uma promessa. Vem cá, meu amor, te amo tanto, mamãe vai sair dessa, eu prometo.

Não saía de casa há quatro dias, quase nunca da cama. Triste como jamais, incapaz de derramar uma lágrima sequer. Até agora. Sente-se reconfortada por saber que ainda pode chorar, sentir, indignar-se contra sua melancolia.

Tempos sombrios, pensa querendo livrar-se da ideia. Não se sente forte o suficiente para encarar de frente, suportar o que o mundo se tornou. Sua alegria a manteve firme todos esses anos, viu-se obrigada a endurecer, nenhuma brutalidade, estupro ou grande trauma, apenas essa violência cotidiana e banalizada que mata aos poucos em vez de lançar seu golpe definitivo. Viver tornou-se uma tortura, como um viciado em jogo, que insiste jogar a cada nova perda. Sua tristeza revela ao menos a lucidez preservada: é impossível ser feliz nesse mundo.

Vamos, mamãe precisa terminar de te limpar. Tinha pelo que lutar. Ergue-se com apoio das mãos, qualquer mínimo esforço é uma nova batalha. Maria, que bom que chegou, me ajuda aqui com a Clarice? Mamãe já explicou, avise quando quiser ir ao banheiro. Mamãe, mamãe, o chamado insistente ainda ecoa. Lembra-se de quando era criança. Fim de tarde, corria pela sala de estar, luz dourada e sombra desenhavam o contorno da janela no piso de madeira escuro. Sua mãe enxugava as lágrimas ao voltar da rua, não parecia triste, ao contrário. Sons de buzina, gritos de comemoração entravam na sala através da janela. Ouve a mãe, alegre e viva, como se fosse hoje. Está vendo, Selma, há esperança. Vamos, venha comigo até a janela gritar também. Diretas já! Diretas já!

My wishlist

Eu odeio ir ao mercado. Procuro me preservar da banalidade de comprar comida e encontrar pessoas de todo tipo, me sinto rebaixada à normalidade, e se tem algo que odeio mais do que ir ao mercado é a possibilidade de ser confundida com algo banal, como leite, pasta de dente, pão. Por isso recorro sempre à lista. Entrego para a mocinha da cozinha, que repassa para o rapazinho do carro, como chama mesmo?, nome esquisito, deve ser comum lá na Bahia.

Sou exigente com cada detalhe, grifo, passo marca-texto, prefiro não me trocar, para isso existe a lista. Não devo ser a única, até ouvi dizer que criaram aplicativos para fazer esse trabalho sujo. Sabe aqueles rapazinhos de moto e mochilas vermelhas a se multiplicar pela cidade como cupins, então, eles compram tudo e levam até você. Não sei como funcionam os tais aplicativos, mas imagino o caos a tirar por aqui, a despeito da precisão irretocável das minhas listas. Será tão difícil reconhecer a diferença entre um papel higiênico folha dupla com toque sedoso e uma lixa?

Devo admitir, sou um ás em todo tipo de listas e inicio o ano sempre com uma. Lista de metas, wishlist, chame como preferir. A minha para 2022 é ambiciosa, começo pensando o que quero para o meu país. Amo o Brasil, suspiro aliviada e convicta de que jamais trocaria a vida confortável que tenho aqui pelos anos que vivi no internato na Suíça ou quando dividi aquele loft despretensioso no Upper East Side com o ex que conheci na época da escola americana. O loft não era de se descartar, vista para o Central Park, aula de ioga em frente ao lago, jazz no Carlyle à noite. Quanto ao ex, não faz falta.

O apego ao Brasil eu devo a meu pai, homem inteligente, de fibra, criou um império do zero. Na infância, me obrigava a ajoelhar no milho. Só levante após aprender a cantar todo o hino nacional. Dos filhos deste solo és mãe gentil, pátria amada, Brasil. Estufo o peito, visto verde e amarelo. Meu pai foi um homem cruel, mas bondoso, e não me peça para explicar. A necessidade de explicação que os outros têm me cansa. Vou falar bem baixo para que não escutem. Essa patrulha insuportável é parte do que não gosto no Brasil atual. Começo minha lista: item número um, acabar com o mimimi. Reparação, por exemplo, existe palavra mais chata no vocabulário brasileiro atual?

Para 2022 me permitirei o direito de não mencionar pandemia, eleição, vacina e desmatamento. Tem gosto pra tudo e sinceramente o meu anda em desacordo com o da maioria. No mais, desejo muitas viagens. Amo viajar, faço listas com os melhores hotéis, restaurantes estrelados, museus e galerias a visitar. Já falei que também amo arte? Comecei uma pequena coleção, modesta ainda, mas a curadoria, invejável. Tenho tino. Compro baratinho o que em dez anos valerá fortuna.

Já fui chamada de mercenária, até de fascista, na internet. Obviamente não sabem o que dizem. Valorizo a erudição mais do que as minhas próprias posses, isso virou raridade. Pretendo ler mais esse ano, não leio o quanto gostaria, mas carrego um Kindle sempre comigo. No salão fazendo as unhas ou à espera da massagista, encontro tempo para algumas páginas. Sou eclética, embora não aprecie literatura brasileira. Li na escola para nunca mais. Uma tal moça vai à cartomante, morre atropelada por um carro importado, e só. Prefiro livros que acrescentem. O último conta a história de um executivo que abandonou sua carreira no Vale do Silício e encontrou propósito numa comunidade isolada no Butão. Chorei.

Poucas coisas me fazem chorar. Quase nunca sinto, e quando sinto, vem mais vazio que tristeza. Nem pensar incluir na minha lista qualquer intenção de extirpar esse vazio, ele me acompanha, me habituei à sua presença, já tristeza é coisa nova na minha vida. Tenho pensado sobre a tal moça que morreu atropelada, num dia qualquer, insignificante como leite na prateleira ou feito toda a gente que frequenta o mercado. Para 2022, quero meu vazio de volta, minha indiferença àquela mulher. Ela está na minha lista, ainda que eu não queira, ainda que eu a despreze.

Há quem odeie fazer listas. Me sinto ansioso, frustrado, blá-blá-blá, podem pensar e dizer, para mim funciona. Sou realizadora por natureza, trabalho com metas. Disciplina e ordem salvariam metade dos problemas desse país. Começo meu dia meditando. Drenagem terças e quintas, treino segunda, quarta e sexta. Entro em estado meditativo com relativa facilidade, anos de prática e imersão no Tibete.

Em posição de lótus, divago. Abro a janela, vejo a tal mulher lá fora no ponto de ônibus. Foca num ponto, inspira, expira longamente. A mulher olha para mim. O que há de errado com ela, aquele livro de merda de novo? A cartomante, um presságio, uma vida inútil, tudo enfim é banal. Minha meditação, minhas metas, meu destino. Para 2022 quero de volta meu vazio, minha visão turva, minha solidão. Chega, melhor parar por aqui, hoje não vai dar para meditar.

Recebi uma cartinha da escola dos meus filhos, não mencionei, tenho dois. Logo em janeiro? Esse povo não descansa. Um abaixo-assinado, vacina, blá-blá-blá, leio depois com calma. Mocinha, me traga um matcha, café ou algo mais forte, gim não cai bem a essa hora, preciso me desgrudar dessa realidade precária, tanta inutilidade. Sinto saudade de um tempo que não vivi, um Brasil próspero que meu pai contava. Tenho esperança de que os brasileiros façam a escolha certa nas urnas. Olha só, prometi que não falaria de política, mas não tem jeito, ela está em todo lugar, insistente e chata como a tal moça do livro. A era da estrela, lembrei, assim que se chama, eu acho. Minha memória anda péssima ultimamente. Pronto, última resolução para 2022, mais memória e fim da lista.

A mulher mais feia que existe

A boca rasgada no canto até o maxilar. Quando fala, vê-se toda a arcada superior, gengiva, músculos repuxados e nervos da bochecha. Não há quem não se espante. Ela própria demorou para se acostumar e evita confrontar o espelho. Isso não a impede de andar na rua sem cerimônia, abrindo e fechando a boca, ginástica facial bastante desagradável para quem vê. Os que caminham atrás não imaginam a verdade, por que ela atrai os olhares de quem passa na direção oposta: ela é a mulher mais feia que já se viu.

Não ser a mais bonita tem lá suas vantagens, mas ser horrível não oferece benefício. Embora desgoste de ser feia, não se reprime, mantém a cabeça erguida. De perfil é até agradável; do lado oposto, um monstro horrendo, disfarçado com a enorme franja. O truque do cabelo, além das maquiagens para esconder a feiúra, tornam possível a aproximação de pessoas que, do contrário, a evitariam acauteladas. Sem o repúdio imediato, ganham a chance de conhecê-la melhor — além de horrível, é magnética. Desprevenida, com os cabelos presos, é filmada sem pudor pelo rapaz. Gosta do que sente enquanto ele a olha, o prazer inédito de ser admirada. Entende pela primeira vez que a cicatriz desperta horror e fascínio.

O rapaz que a olhou sem disfarces é dono de uma beleza unânime, dessas que não restam dúvidas. Na casa de espelhos, reencontram-se e começam a namorar. Formam um casal interessante. Quando se beijam vê-se a língua dele penetrar e vasculhar sua boca através da enorme fenda lateral. Os mais equilibrados no quesito beleza passam a copiá-los, enfeando um detalhe, embelezando outro. Tentam chegar perto do mais alto contraste de beleza possível, visto apenas no jovem casal.

A feia abre perfil na rede social, posta selfies grotescas e rapidamente acumula milhares de seguidores devotados. O rapaz estampa no braço a tatuagem da cicatriz, idêntica à encontrada no rosto da namorada, que grava vídeos contando a história, como adquiriu feição horrenda, os cremes que usa para cuidar das marcas. Os incrédulos perguntam como um rosto rasgado pode atrair aplausos, pensam que é mentira, exagero, até vê-la.

A enorme feiúra desperta curiosidade, pois não se trata de feiurinha qualquer. Se pensar a coisa mais feia, pensará nela, então entenderá a atração que exerce nas pessoas, sobretudo as de beleza mediana, a maioria. Porque é difícil encontrar um horroroso — algo pode desagradar, não expressar harmonia, mas o profundo desequilíbrio é raro. Rejeita a ideia de que os outros a copiem, cortam os cantos da boca em busca da máxima feiúra, mas a intencionalidade produz efeitos adversos, nunca parecidos com o rasgão original. Para consegui-lo, é necessária a sorte do acaso, como o acidente que a premiou com a marca e a morte precoce da irmã. Foi operada sete vezes, mas nunca se livrou das enormes e horrendas cicatrizes.

A mulher mais feia que existe é chamada para eventos, lança autobiografia, vira best-seller. No livro, conta que para ser feia basta o consentimento e a resignação, para ser horrenda é preciso bancar a solidão dos que chegam ao topo, despertam a inveja e a cobiça. Junto com o sucesso, o isolamento, não exatamente intencionado quando decidiu escancarar a boca retalhada, fazer biquinhos tronchos ao final de cada vídeo — "beijo, meus amores". Marcas de maquiagem, creme dental e produtos de beleza pagam para que conte na internet como é ser horrorosa, estampar a cara picotada sem medo de críticas e cancelamento. Ela compreende os comentários odiosos como inveja, e profetiza sua feiúra e suas ideias como importantes marcos. Foi a partir dela que se começou a falar sobre, foi ela quem deu voz para as feias, embora muito, muito, profundamente, incomodamente horrorosa mesmo, só exista ela. O sucesso estrondoso não demora, um caso estudado por publicitários mundo afora. O lugar que criou para si é defendido com unhas e dentes, não abre mão.

Não que goste de ser feia, é complicado também, mas dar as cartas a envaidece. Quem anda a seu lado, os bonitinhos fora de moda, recebem o selo de ciência e apoio à feiúra. Os mais sabidos evitam enfear-se demais para não parecer usurpação. A horrorosa sabe que muitos se aproximam dela em busca de validação, então fica esperta. Se esbarra com uma interesseira agraciada pela beleza, abre o maior bocão vermelho, é um Deus nos acuda, todo mundo corre de medo daquela boca enorme e rasgada de tubarão. Quando é assim, pode esperar, viraliza em dois segundos.

A mais feia entre as feias rapidamente destaca-se entre os iguais, curiosos para apreciar de perto tamanha estranheza, ver com os próprios olhos o estrago que jamais pensaram possível na face humana. Embora roube a privacidade, ela gosta de ser reconhecida, exibir a meia face monstruosa, porque o lado oposto é bastante razoável. Para apreciar a feiúra completa, é preciso encarar o pior, a porção que a torna a maior das maiores. Quando vira a face, tem-se uma amostra da transformação, a simetria e a delicadeza viram monstruosidade, a desorganização dos músculos arrebentados, as bordas esmagadas, a completa imperfeição deflagrada pelas ferragens do carro que penetraram seu rosto.

O sucesso a espanta, em outros tempos seria impossível, quando só aplaudiam os bonitos. Não fosse premiada com a cicatriz bizarra, não teria chance com o rostinho de antes. Ela produz conteúdo para vídeos nas redes sociais, a maneira encontrada para alavancar o instituto, fundado para estimular e apoiar a causa. Cria o bordão "espelho, espelho meu, existe mulher mais feia do que eu?". Os seguidores respondem mensagens multiplicadas aos montes: "não, rainha, és a mais feia". Publica outros livros sobre o assunto, proclama o dia internacional da feiúra e desenvolve, junto à marca de automóveis, um programa de apoio às vítimas de acidentes de trânsito, da qual se torna garota propaganda.

A mulher mais feia que existe é eleita a mais feia. "Como podem definir que seja?", questionam. Que é muito feia, não há dúvida, mas escolhê-la a maior de todas gera discussão e discordância. Mulheres e homens horríveis exigem seus direitos, a imprensa e o aparato da justiça acionados, ministério público, a internet em peso, uma comoção. Acusam a mais feia de se achar a mais feia de todas, de se autoproclamar horrível. Porque muito antes que dissessem, antes que acreditassem, ela mesma afirmou: sou podre, podre de feia. O suficiente para incomodar outros horrorosos que entram em disputa, acusam-na de capturar a causa que consideram justa, de se denominar a escolhida, incapaz de representá-los como entendem certo. Outras mulheres, inclusive as bonitas, indagam: "por que a mais feia e não o mais feio?". Apontam preconceito, "não é feia, foi um acidente, cicatriz não é feiúra". A sua era maior, não deixaria que a resumissem a uma simples cicatriz, não permitiria que a confrontassem com o passado soterrado.

Na sala de jantar, sentada à mesa, não sente apetite. Normalmente comeria o farto almoço, os pedaços de frango, legumes, os restos de farofa cairiam da boca rasgada enquanto mastigasse. Está cansada de viver em torno da feiúra, mas é tarde para voltar. Foram muitos bonitinhos querendo desmerecer suas pautas, fazê-la parecer idiota e inútil, lembrá-la de suas marcas. Começa a duvidar das pessoas, inclusive dos apoiadores. Fica cada vez mais isolada, a indignação transforma-se em rancor. Enxerga no namorado a projeção de toda a beleza que a oprime. Amargurada, afasta-se inclusive dos feios e suas variações — os feiosos, os ridículos, os disformes, os malfeitos. Numa live inesperada durante a madrugada, convoca os seguidores. "O poder da feiúra é subestimado, não se restringe ao rosto marcado e deformado pela tragédia, a feiúra é um ethos." O discurso não é unânime, o ruído gera divergências entre adoradores. *Ring light* ilumina o rosto horrendo; convencida de que precisa ir além, apaga a luz. Não se pode ser feio pela metade. Funda a seita, constituída por seguidores sectários, os mais aguerridos à causa, dispostos a defendê-la até a morte.

Na seita, de nome tão feio que impronunciável, ela e a trupe horripilante cobrem as faces com um pano preto, a maneira que encontram de elevar a feiúra à condição de ideologia e paradigma. Cultuam-na na mesma medida que execram a beleza. Reúnem-se para deliberar o que pode ou não ser considerado, o que constitui, quais os limites e desdobramentos da feiúra. Descrevem eles mesmos o que não se pode mais ver, ensinam a seu modo as peculiaridades e diferenças entre o belo e o feio. O plano ambicioso pretende a revolução, uma nova ordem, prevê um futuro quando não saberão mais do que se trata a beleza.

No interior das casas, pessoas reconhecem-se no discurso da mulher feia. A imposição, a crítica, o deslocamento, a inadequação, tudo o que ela diz faz sentido e ressoa, para bonitos e feios. A feiúra toma as ruas e as mentes, a beleza é proibida. Para sair, cobrem os rostos com carapuças pretas, cujos dois únicos e diminutos orifícios permitem visão precária. Obras, livros e espelhos confiscados, monumentos interditados, a internet vigiada. Nas escolas e universidades, professores recontam a história. Como não pode ser vista, aos poucos, a beleza vai sendo esquecida. Preserva-se uma vaga noção, bastante corrompida pelas sucessivas descrições nebulosas e precárias que tentam abarcar o passado distante.

A mulher horrorosa não habita mais o mundo que ajudou a construir. Nos livros de agora, lê-se que um dia transitou na terra a mulher mais feia que já se viu. Não há fotos, apenas a descrição. A boca rasgada no canto até o maxilar. Quando fala, vê-se toda a arcada superior, gengiva, músculos repuxados e nervos da bochecha. Não há quem não se espante.

O grande curador

Ele domina a complexa arte da curadoria. A habilidade existe desde criança, só precisou aperfeiçoar. O olhar perito sabia discernir a qualidade dos brinquedos, reconhecia a pintura trêmula, as cores desbotadas, os parafusos e articulações frouxos dos bonecos do Paraguai, como chamava todas as cópias, que prontamente direcionava para doação ou repasse (sua mãe os embrulhava com papel e fita para que presenteasse outras crianças nos aniversários que era convidado). Havia uma tia sem noção, na qual sabia não poder confiar na escolha dos regalos. Quando os abria, sorria sem graça, tentando esconder a decepção. *Esse vai para a lista de repasse*, pensava baixo.

Possui opinião formada, discerne a qualidade, procedência e feitio das coisas, separando-as em dois grupos: esse presta, esse não. O dom de criticar e avaliar com apuro, admirável, até exaltado, aos poucos torna-se a mais pura picuinha, chatice que ninguém aguenta. Virou curador do museu mais prestigioso da cidade, consegue exercitar sua verve pernóstica e chamá-la de trabalho. A aguardada exposição organizada pelo curador, a maior da carreira, é inaugurada com toda a pompa. No coquetel de abertura, espumante premiado e canapés feitos com ingredientes de produtores locais. Circulam pessoas vestidas de preto, cabelos grisalhos e óculos de armação italiana.

As obras escolhidas, em conjunto, constituem síntese de movimentos artísticos. Tem releitura crítica, resgate da memória, diversidade, vanguarda e ruptura. As mais seletas, dos mais seletos, escolhidos com a mais rigorosa e dedicada curadoria.

O sucesso é maior que o esperado, não se deve contar com o público ao se trabalhar com arte dessa envergadura. *Pessoas comuns precisam frequentar o museu, mas raras*, acredita, *são capazes de apreciar a nuance, captar a essência materializada na obra*. O que o move a realizar uma exposição é a satisfação de ser consumido pela dúvida entre este ou aquele autor, vasculhar seu legado à procura da joia não encontrada. Abomina as tendências do mercado de arte, como chamam os que podem pagar pelas obras, e não se deixa levar, possui opinião formada, conceitos sólidos. Já com as mulheres, nunca foi fácil. A extrema exigência e rigor estético geram dilemas no campo amoroso mais obscuros que a velha questão "o que é arte?", pergunta que o curador entende e responde com propriedade e segurança.

Várias passaram na sua vida, casou-se com cinco. Após a segunda, desistiu de procurar a musa inspiradora que acredita existir. São sempre elas que rompem, exauridas por serem examinadas à exaustão. A maneira que comem, desde como mastigam, até como repousam os talheres na mesa; as roupas que usam, as mais curtas ou longas, as mais justas ou folgadas. Não o incomoda a mulher usar roupas curtas ou atrair o olhar de outros homens, o que o perturba é a desconexão entre as peças, a desarmonia entre as cores, a proporção inadequada. Pura frescura, nota-se prontamente, mais que isso, o capricho afetado, o enfado e a cafonice do grande curador. É possível reconhecer — com o mesmo olhar que ele lança sobre as pessoas — que se trata de um crítico amargurado, como aqueles jurados de concursos de calouros, os avaliadores ultradiplomados que compõem a banca da honrosa Universidade. Revelam semelhanças que apenas os mais críticos, como ele, são capazes de perceber: abrem as narinas em sinal de reprovação; iniciam suas falas com migalhas de pobres elogios seguidos de comentários mortíferos; acreditam-se iluminados e detentores de um saber especial.

O grande curador é chique, adequado, correto, preparado. E inseguro. Porque para tomar uma decisão, passa por uma longa e penosa jornada. Conversa com os cânones do saber, experts internalizados que travam batalhas sofríveis para definir se a camisa branca é a melhor. Dúvidas cruéis demandam a dedicação que resulta em terrível abatimento após passar na loja de roupas, eletrônicos, cinema, livraria ou qualquer lugar que tenha que escolher entre branco e azul, tevê LCD e LED, Almodóvar e Woody Allen, Maiakovski e Szymborska. É empolado e nobre, como deve ser um ato de grandeza e superioridade. Insuportável, para quem convive de perto.

— Querida, você tem bebido água?

— Sim.

Ela aprendeu a não perguntar "por quê?" para não render papo. Ele insiste.

— O tempo está terrivelmente seco.

— Sim, está.

— Fico preocupado com sua saúde.

— Sim.

— Você trocou de xampu?

— Não.

— O cabelo está mais seco. Será falta de condicionador?

— Não.

— Secador, talvez.

— Não.

— Mudou a escova?

— ...

— O leave-in?

— Não. Já disse que não. Está tudo perfeitamente igual. O meu cabelo, inclusive.

— Então não está mesmo bebendo água...

— Você pode não ter opinião sobre meu xampu ao menos uma vez?

Ela trocara, de fato, insatisfeita com os cabelos, secos igual palha. O que a irrita profundamente são as verdades absolutas, o olhar obsessivo para cada detalhe, os mais fúteis e insignificantes. Ela gostaria de entender qual a relevância do seu cabelo hoje, quando vence o prazo para entregar o roteiro da peça, dormiu menos de quatro horas e implora para o dia aumentar mais vinte e quatro. Ele poderia ir direto ao ponto, sabia que o culpado era o xampu, mas comia pelas beiradas, acreditando enganá-la. Aquilo a irritava mais, pois identificava de imediato a crítica cozida em fogo baixo, prestes a detonar. *Quem ele pensa que é para desvendar as verdades, revelar as falhas do mundo, as incoerências das pessoas?*

No museu, o grande curador avista um cego. As obras expostas não permitem interação, não há sons, apenas quadros e esculturas intocáveis, lembram as linhas amarelas. O curador pensa que é um louco se fingindo de cego, ou um cego se fazendo de louco. O cego caminha tranquilo, para de frente para cada quadro por alguns minutos, depois segue para o seguinte, como fazem os que enxergam. Poderia copiá-los, não fosse cego, mas seu comportamento revela mais. O ritmo não acompanha o das pessoas ao redor, possui jeito próprio de se colocar diante das obras, expressa intensa conexão com elas. O curador flagra no cego a intimidade que tem, como se as visse, como se compreendesse e sentisse o que o artista sentiu e entendeu quando pintou. *Será que é artista também?* Não parece cego de nascença, existe precisão e segurança nos movimentos, deslumbre ao se colocar perante cada pintura. Provável que sofra de doença degenerativa que o levou à perda recente da visão e que busque o ritual que o faça rememorá-la. Mas não há tristeza ou rancor. O cego explora as galerias com uma serenidade perturbadora, não atua, vê-se a clara verdade da sua atitude. O cego está apenas sendo.

O grande curador talvez quisesse, mas seria difícil apenas ser. É preciso o requinte e a sofisticação capazes de elevar o humano à condição humana. O cego perambula no museu, avalia a seleção, julga a curadoria sem dó. É a situação mais perturbadora e constrangedora que o curador precisou passar. Sente-se desafiado, os pés formigam para que caminhe na direção do cego e lhe dirija as perguntas necessárias. As perguntas que possam acalmar a inquietude deflagrada. É irresistível. O grande curador aproxima-se.

— Desculpe, não nos conhecemos. Sou o curador do museu. Observava você esse tempo todo, desde que chegou. Posso lhe fazer uma pergunta que não me sai da cabeça?

— Sim, claro.

— Qual o seu xampu?

A CEO de sucesso

A CEO de sucesso passou a sofrer de insônia. Nunca foi de dormir muito, quatro horas, sentia-se revigorada. No escuro do quarto, deitada na cama, fecha o notebook após desistir de responder o e-mail. O cliente a julgará por enviar às três, às seis parecerá eficiente e equilibrada. Entra na rede social como quem precisa caminhar pela rua sem rumo, o celular não aplaca sua angústia, maior à noite. Convence-se de que a distrai enquanto o calmante não faz efeito; a essa altura talvez nem faça.

O novo corte de cabelo da subcelebridade; receita de bolo sem glúten e junto a vontade de virar uma lata de leite condensado; sua ginecologista rendeu-se às dancinhas da internet, decide que não voltará mais nela. Rola o dedo sobre a tela na esperança de encontrar qualquer saída. A melhor amiga de adolescência está nas Maldivas com marido e filhos, vestidos com a mesma estampa. Como consegue unhas bem-feitas e cabelo impecável com quatro crianças? Parecem leves e felizes, um semblante fresco que só alguém descansado possui. Na última vez que conversaram, censurou os próprios pensamentos, reprimia qualquer indício de inveja que pudesse sentir das amigas.

Tem andado desleixada, prefere trabalhar de casa, sempre que possível com o vídeo desligado, quando não, dá um jeito, arruma o cabelo e troca a camisa. Tem preguiça de tomar banho e um misto de aflição e alívio quando pensa que prefere estar sozinha a encontrar alguém nessa situação. A última vez que viu, sentiu-se pequena e inútil, decidiu não se impor tamanha vergonha, ser só na tristeza lhe pareceu mais digno.

A CEO de sucesso tem muitas respostas e soluções. Dormiria se pudesse, está esgotada. Questiona como seria caso não tivesse varado noites por clientes pernósticos e apressados. De que vale?, possui uma insônia terrível, incapaz de se livrar. As crises de pânico estão mais brandas desde que começou a tratar com o psiquiatra e fazer terapia. Seu analista, sujeito alto, voz grave e rugas pronunciadas que surgem da ponta externa dos olhos como raios de sol, fala pouco. Ainda não se conheceram pessoalmente, só através da tela. Prefere, assim consegue estar conectada às notificações de e-mails e mensagens de trabalho enquanto cuida da saúde mental.

O longo silêncio durante as sessões a incomoda, tornou-se refúgio quando seu pensamento vaga pelas sombras. A CEO de sucesso só substitui o medo pela raiva quando imagina que se tornou a mulher frágil que sempre desprezou. Lembra da conversa que teve com uma estagiária moderninha e atrevida: "Não quero me enterrar viva, entregar minha vida a troco de tão pouco". Essa nova geração vem com a cabeça aberta, mas não possui a resignação que a trouxe até aqui — pensa, solitária, o que não revelaria. Acena com a cabeça para a estagiária atrevida, com um sorriso de canto quase inexistente em tom de aprovação.

A CEO de sucesso está exausta, cheia de ódio, mas se acostumou a fingir, consentir e não desagradar. Invade todas as madrugadas trabalhando desde que sua demanda duplicou após cortes durante a pandemia. Corte de gastos, corte de funcionários — a CEO de sucesso cortada. Qual foi a última vez que encontrou os amigos e a família? Tanto faz, prefere ficar sozinha; terminou um namoro há poucos meses. Era namoro? Tanto faz, já não se importa.

Passará o Natal e o Ano-Novo só, tentará ocupar-se, muito trabalho acumulado, o antidepressivo talvez comece a fazer efeito. Nessa época do ano pensa muito na mãe morta, nunca se afinaram e jamais a admirou: fraca, passiva e subjugada, disse ao analista. Amarga até hoje não conseguir sofrer sua falta. Caminha solitária pelas redes sociais. Seu medo agora é pura raiva, e o sono foi embora junto com a esperança de dormir.

Filho da mãe

Sentia-se em desigualdade com outras crianças. Suas mães pareciam, ao menos, poupar-lhes do sofrimento. A dele não lhe poupou de nada: aprendeu cedo o mais eficaz mecanismo de controle materno e sabia usá-lo para despertar sua devoção alienante. Não faltaram condições para dizer que teve uma boa mãe, mas nunca foi correspondido quanto ao que esperava: o mínimo de vergonha na cara, um pedido de desculpa. Buscava-o na escola — "com quem brincou hoje?" — sempre a mesma pergunta.

Havia uma intenção na investigação: vingança, pensava. Tornou-se mãe aos dezesseis, não antes de ver o corpo deformado pelo bebê, nascido com fórceps. Chorou toda a gestação; o pai enfartou dois dias após saber a notícia. "Matei meu pai de desgosto", culpava-se. Sexo desajeitado na escada do prédio, levanta a saia, pau duro pra fora. Engravidou na primeira vez. Só conheceu prazer uma década depois. Mergulhada no luto, guardou o corpo, o ímpeto e brinquedos preferidos em um buraco, inclusive o bebê. Lá onde foi nutrido e amado, cavou mais fundo. Vez ou outra, subia à superfície, depois se recolhia, encurvado até se fechar o mais próximo da morte.

Na escola, o menino encontrou seu lugar. Metia-se na pequena mata fechada em frente ao terraço, onde as crianças brincavam durante o recreio. Folhas de palmeiras em arco, dispostas em círculo, formavam no meio um clarão onde ele ficava quieto após atravessar, com dificuldade, a fortaleza vegetal. Preferia enfiar-se entre galhos apertados a interagir com outras crianças. Sabia precisamente onde pôr os braços, qual ramo afastar, a hora certa de levantar e avançar as pernas. O aprimoramento da técnica não o livrou dos membros sempre arranhados. Encoberto por plantas e protegido da brutalidade humana, manteve o lugar em segredo. Acabou descoberto por outras crianças que buscavam o mesmo isolamento. Após certo desconforto, entenderam-se sem precisar dizer. Ficavam calados, pacto implícito que o mantinha distraído. Sozinho, conseguia concentrar-se na tristeza com a atenção que merece. Feixes de luz atravessavam o breu de folhagem densa, espadas cruzando sua selva escura e desenhando no chão, com luz e sombra, a nervura das folhas. Por entre matizes verdes via imagens a critério do vento que balançava os galhos. Na ausência dele, era capaz de permanecer todo intervalo entre as aulas concentrado na mesma cena. Corre, trepa, escorrega, cai: o excesso de ação das crianças contrastava com sua paralisia.

"Com quem brincou hoje?" — o corpo dela esquecido lembrava a gestação, as estrias e cicatrizes. Depois de anos em luto, decidiu que seria feliz: fez plástica, recuperou uma alegria tola, sentiu-se dona de seu destino. Passava as mãos frias com unhas curtas entre os fios de cabelo finos e recém tingidos dois tons mais claro. Buscava a segurança que nunca teve, insistia ciente do fracasso. Antes da gravidez, sonhou viver na Escandinávia, lugar de gente civilizada. Seria prestigiada e admirada por gostar de livros. Seu pai não a compreendia: "O que essa menina tanto lê? É uma comunista". Comunista era a maneira de xingá-la. O pai semianalfabeto conseguiu fortuna e prestígio com o comércio, sua mãe morreu logo após o parto. Durante toda a infância, pensou ser responsável pela morte da mãe, peso que revisitou aos dezesseis e carregou para sempre junto ao peso da morte do pai. Não se formou; Escandinávia muito menos. Além da herança, dilapidada em pouco tempo, trabalhava numa locadora de filmes. Chegava sempre tarde em casa, contava com a babá, outra criança quase, filha do ex-funcionário do pai, muito grato à família. As irmãs a ajudavam no pagamento das contas e sustento da criança.

O menino sabia que sua mãe divertia-se com outros homens, transgredia a fronteira do que é permitido um filho saber. Gostava de não ser ignorante a isso. Enquanto ela conversava, punha-se ao lado em silêncio para captar qualquer coisa. Raros adultos prestam atenção numa criança calada, valia-se de trânsito livre para descobrir seus segredos. Se escutava pouco, completava. A mãe que imaginou foi mais devassa do que a que existiu, não era estúpido para duvidar. Um filho tem a necessidade de enxergar em sua mãe uma mulher casta. Desejou-a fraca e devotada, lamentava abandono quando ela reivindicava liberdade — talvez ainda fosse essa criança. Reconhecia fragilidade no jeito agressivo e destemperado, e violência quando dizia amá-lo. Ambos tinham a mania de inventar um mundo suportável. Ele protegeu-se enquanto pôde. Como a mãe, viveu para dentro. Se foi ignorante à morte, não se lembra. Pequeno, tardava a dormir pensando nela. Tornou-se aguerrido, quem se depara frente a frente sabe o valor que a vida tem.

Cresceu entre mulheres, interessado por suas histórias. O pai sumiu após saber da gravidez. Quando as tias os visitavam no fim de semana, deitavam-se na cama de casal. O lençol ainda quente do corpo da mãe, quando lia folhetins de gosto duvidoso, fase que ela própria consideraria vulgar. Durante o longo luto, afastou-se de tudo que amava, inclusive a boa literatura, dizia. Ficavam guardados na cômoda ao lado, era proibido bisbilhotar. Embora ele não soubesse ler, as capas revelavam o motivo da proibição. Vencida pela insistência, cedia espaço no colo, o menino aconchegava-se para escutar histórias de reis e rainhas perversas. Os trechos que ela introduzia e seu jeito particular de narrar, sem poupá-lo do escárnio, conferiam às fábulas o verdadeiro pavor que devem provocar na criança. Sentia-se atado. “Você adora ouvir as conversas de suas tias", dizia, deitando o corpo de lado e apoiando a cabeça na mão erguida. Recorrer à história dos outros é o único caminho para quem se sente solitário. Há quem se proteja com fuxico e intrigas, há quem se refugie entre os livros.

A vida adulta parecia interessante, ele não cresceu o suficiente para constatar sua precariedade. Preservar essa curiosidade o manteve vivo, embora não soubesse enquanto investigava. Mistério e ignorância não se equivalem: mistério nutre a imaginação, a ignorância aniquila; deve ser essa a diferença entre dúvida e paranoia. "Com quem brincou hoje?", "Ninguém", deveria dizer. Ela sabia, mas perguntava todos os dias para ouvir três ou quatro nomes de colegas (variava para parecer verídico; aprendeu com a mãe a mentir e ser covarde). Escritor é um sujeito envergonhado de não dizer, então escreve. Antes fosse; ao menos arquiteto. Tornou-se engenheiro, seu exército de casas populares, todas iguais, telhados de uniforme terracota enfileirados em continência. Soldado obediente, nunca se rebelou. A vontade dela prevalecia, grave e autoritária. Firmeza que mulher jovem, solteira e com filho precisa. Ele não a via frágil, só mais tarde, adolescente, quando começamos a enxergar nossos pais. Suas pequenas crueldades não lhe impediram de amá-la, além de dura, era doce. Lia incansável "Chapeuzinho", ele ficava com os olhos vidrados à espera do clímax — "Por que uma boca tão grande? — Para te comer!" — Uma loba, comia-o inteiro.

"Apronte-se, vamos passear", exige incomumente alegre. Na praça de alimentação do shopping diz sem rodeios: "Seu pai morreu". Ele não se lembra quando ou como, levou tempo até conseguir juntar as peças. Quem o matou tratou de fazer um trabalho limpo, sem vestígios, restou apenas um corpo esvaziado, embora intacto, que enganou sua morte. Tratavam-no como vivo, ele próprio tardou reconhecer-se defunto. Não houve velório, ritual, quem chorasse a passagem, apenas um homem morto transitando entre nós, cansado de viver morrendo. Uma mulher, uma arma, pelo menos três estiveram na cena do crime, como num filme noir, talvez o filho fosse parte da trama. Órfão, sofreria mais a morte do pai ou da mãe? Doía pensar na resposta. Mortes foram muitas: enquanto punha as roupas na máquina, ao pagar a conta de luz, quando sentia-se cansada — "Seu pai morreu", modo precário de impedir a própria deterioração. Ela buscava a imortalidade, um vampiro sugando toda anima do filho. Adormecia serena após uma briga, acusações e ameaças, pacificada ao voltar para casa com sua presa executada. Só após a última morte do pai ele pôde compreender.

No parque, subiu a escada que levava ao alto do toboágua. Sombra no trajeto, reprimível como o medo aumentando na medida que ascendia cada lance. Já descera outros como aquele. Tomado por pavor repentino, travou, coração disparado, suor mais frio que o frio que fazia. Pensou se urinar, uma vergonha.

Não pode ser seguro enfiar-se nesse tubo, a fila de pessoas impacientes estende-se atrás, deixa que passem. Enquanto desce as escadas na contramão, escorre água pelo toboágua, seu coração e mente covardes conduzidos até a piscina. Seguro em terra firme, assiste cada corpo disparado como projétil, tal qual uma mãe expele seu filho no canal de parto. Caiu brocha como um pau mole, precisou ser reanimado, o que tardou acontecer.

Um corpo dotado de possibilidades e limites, o que pode o corpo de um homem? Quis deixar o cabelo crescer, ensaiou como contaria. Mais que uma cabeleira avantajada, queria confrontá-la, demarcar seu desejo perante a tirania. A mãe o leva ao cabeleireiro para lembrá-lo: "Seu pai morreu". Desaba no chão um tufo de cabelo; a tesoura de lâminas afiadas posta na bancada; a moça varre. A expressão de um corpo livre incomoda. O que pode o corpo de uma mulher, a barriga a gestar, um canal de chegadas e partidas?

Com seis anos, ela ficou de cama por trinta dias, nenhum diagnóstico ou fratura, nada, completamente paralisada. "É psíquico", revelou o padre consultado após nenhum médico desvendar. Reaprendeu a andar, onde pôr os braços, abrir as mãos cerradas, molhadas de suor, os cabelos embaraçados de urina. Mijou na cama até menina feita e nas pernas quando o pai a olhava com reprovação. Ele sentava todas as manhãs na poltrona da sala, camisa alva e bem passada, os punhos abotoados, fizesse frio ou calor. Virava a folha do jornal com paciência, todas as notícias, inclusive o horóscopo, antes de tomar uma decisão. A casa era aberta para transeuntes, viajantes, mulheres que o consultavam pedindo conselhos, incomum para um homem da época. Morreu antes que o neto pudesse frequentá-lo, seus defeitos e imperfeições. O avô que conheceu foi narrado pela mãe — *não pudera um homem de tantas conquistas possuir somente qualidades*. Não se constrói nada sem despertar suspeitas, inimigos ou contradições.

A primeira mulher do avô fugira com um pistoleiro e o deixara amarrado ao pé da mesa junto aos filhos, criados pela segunda, sua avó. Havia indícios da vida errante. O menino visitou com a mãe a casa abandonada após a morte do avô que não conheceu. No cofre, cuja senha apenas ela entre as filhas sabia: um revólver, documentos, moedas antigas e uma peruca de mulher. Foram testemunhas das histórias que ouvia a mãe e as tias contarem.

A casa empoeirada, janelas fechadas, pé-direito alto e afrescos no teto pintados à mão, desbotados e imprecisos; cenário para os choros de sua mãe criança, quando corria para o quintal e subia no pé de jaboticaba. Sentada no tronco e apoiada no muro que dava para o cinema ao lado, seu ilustre vizinho, com um olho fechado assistia tudo com o outro aberto, posicionado frente à pequena fresta. Como se faz com o olho mágico ao baterem à porta, ou com o buraco da fechadura quando os pais trancam-se no quarto. Então enxugava as lágrimas, os soluços espaçavam até cessarem, enquanto assistia às matinês de faroestes e mocinhas inocentes.

A fortuna que o avô juntou amaldiçoou gerações. A boa moça deve comportar-se, casar, ter filhos, um diploma, piano, balé e tudo mais que apague sua origem humilde, confira respeito e credibilidade, garanta seu pertencimento. As tias ajudaram a cuidar da irmã caçula, enxergavam-se mães postiças, responsáveis pelo destino da que não conheceu sua genitora. Obedientes, trataram de multiplicar a herança, não foram apartadas do prestígio que o pai construiu. A mais nova, desviada e incompreendida, nunca encontrou seu lugar.

Ele pensava que a vida trataria de realinhar certos desvios, valendo-se dos mesmos artifícios que os causaram. Como um espião infiltrado, o desertor que recusa a patente, não antes de entregar o que não reconhece e decide abandonar. "Se outra criança lhe bater, bata de volta": sua força estava onde era apontada fraqueza. Revolta é coisa mais fina que a simples violência. Embora também possa ser usada, se necessário, há algo maior: a capacidade de defender uma singularidade, o modo de cada um ser. É triste morrer em vida, não enterrar toda gente que carece de funeral, uma lágrima que dignifique quem é obrigado a viver morto.

Aplausos, medalhas, palcos, gaiolas, o mundo serve-se de mortos-vivos. Se ao menos chorássemos por sermos medíocres. A senhora lhe dizia, "tão inteligente e educado", ela não reconhecia que fora criada para ser ignorante à própria existência, para ser maltratada e maltratar, para crer e aceitar de bom grado o lugar de senhora, enquanto fosse escrava. Por isso ela tiraniza, caçoa da liberdade. Pobre senhora, açoutada nas costas, obrigada a se curvar, abusada até ser descartada como um pano rasgado e sujo.

O menino, confuso após o tombo, vivia caindo, sem voz para gritar quando doía, sem firmeza nas mãos para agarrar a caneta. É difícil escrever sobre coisas antes de falar sobre elas, você precisa enxergar o que irá escrever. Recobrada a consciência anos depois, sentado à mesa do escritório, apanha folha e caneta. Resoluto, escreve:

Era um dia bonito, decidiram coroar o fim com uma viagem em família. O pai sorri acreditando na chance de reverter o divórcio, a mãe tenta abrandar o estrago de sua decisão. Uma viagem para o litoral, quem sabe a temperança das águas mornas, areia fina e ar fresco possam arrefecer a tempestade que atravessam. No toboágua, descem juntos pai e filho, ele logo atrás. Gosto de água limpa e cloro, um dia para se lembrar. Caem os dois, felizes e invencíveis, uma boa despedida. O que pode um corpo, o que pode um livro?

Filipe Batista

nasceu em 1986, em Salvador. É médico psiquiatra pela Universidade Federal da Bahia. Radicado em São Paulo, é colunista da revista *Vogue Brasil* e atualmente escreve seu primeiro romance.

Edição e revisão Bruno Zeni
Capa e projeto gráfico Sílvia Nastari

Imagens: © Vadim Cherenko / iStock; © Corri Seizinger / iStock

Dados Internacionais de Catalogação na Publicação (CIP)
(Laura Emilia da Silva Siqueira CRB 8-8127)

Batista, Filipe.
Vista para o precipício / Filipe Batista; texto de orelha, Bruno Zeni. 1ª ed.: São Paulo: Editora Quelônio: 2023.
136 p. ; 13 x 20 cm.

ISBN 978-65-87790-55-8

1. Ficção: Literatura brasileira 2. Literatura brasileira: contos
I. Batista, Filipe

13-202318 CDD 869.93

Índices para catálogo sistemático:
1. Ficção: Literatura brasileira
2. Literatura brasileira: contos
869.93

Editora Quelônio

Rua Venâncio Aires, 1072
Vila Pompeia
05024-030
São Paulo - SP
www.quelonio.com.br

Fontes: Kankin e Utopia Std
Papéis: Pólen Bold 90 g/m²
Impressão: Nossa Impressão
Tiragem: 300 exemplares.
São Paulo, outubro de 2023